豆田麦　ill. 花染なぎさ

愛さないといわれましても ④

元魔王の伯爵令嬢は生真面目軍人に餌付けをされて幸せになる

「ほら！　前に一緒に乗った亀と同じです！」
「かめ！」
アビゲイル
前世魔王の伯爵令嬢
最近は編み物と
お料理に挑戦中
サミュエル
ジェラルドの兄、
スチュアートの第一子
アビーを心の師匠と
思い慕っている

「なんだそれ可愛いな!?」
!
ジェラルド
子爵位を持つ
侯爵家の次男
日々アビゲイルのために
魔法闇練中

愛さないといわれましても

元魔王の伯爵令嬢は生真面目軍人に餌付けをされて幸せになる

4

Aisanai to iwaremashitemo

豆田麦　ill. 花染なぎさ

Contents

❶ じゅんびはやめはやめにちょっとずつするのです

旦那様は軍にお勤めをしています。

お若いですけれど偉いから、王都にある本部でお仕事をしていました。

今この国はどこの国とも戦争をしていないので、遠くに行く必要がありません。だから本当はこの王都にいるまま偉くなるはずだったそうです。ちょっとここはよくわかりませんでした。

だって旦那様はどこに行っても行かなくてもおつよいのは変わらないのに。

「お引越しですか」

「うん。新婚旅行でオルタに行っただろう？　あそこは漁港であり交易港でもある。他国の船が来るから軍の駐屯基地が隣接してるんだが、そこに赴任することになってな」

「くるくるの町⁉」

「お、おう、あのとき泊まった別荘を父上から借り受けようかと」

「わあ」

新婚旅行のときに泊まった、あの別荘が新しいおうち！

あそこはいいところです。すぐ近くにある海の音は森の音とよく似ていて、くるくる回るお肉も美味しくて！

「この屋敷はノエル家の王都邸《タウンハウス》として維持するが、タバサたちは当然として、料理長や庭師のボブたちもついてきてくれる。できるだけ君が過ごす環境は変わらないようにするから安心してほしい」

「心配はありません！　旦那様と一緒ですし、ついこの間教えていただいて泳げるようになったばかりですし！」

　王都の近くにある湖で泳いだのですが、魔王の体だったときと違って、旦那様に手を引いてもらいながら水中でふわっと浮かぶ感覚はとても楽しかった。

　海は湖よりもっと浮かびやすいと聞きましたので、きっとサーモンだっていっぱい獲ることができます。

「……アビー。言いにくいんだが」

「はい」

　旦那様は本当に言いにくそうに、ソファの前の絨毯の上に座る私の両脇を持って抱き上げ、お膝に乗せてくださいました。

　とても真剣なお顔でぴたりと私の目を見つめます。

「君は泳げてないからな。俺がいないときは海に入らないように」

「だいぶ泳げてました」

「うん……。あー、海は広かっただろう。足りない」

「たしかに」

海はとっても広かったです。

向こう岸が見えなかったですし、そう言われてみたらちょっとだけ足りないかもしれません。

「わかりました。旦那様と一緒のときだけにします」

「よし」

旦那様はにっこりしてから、果汁ゼリーをひとつつまんで私の口にいれてくださいました。

四角くて半透明で表面はざらっとしているゼリーはぷにっとした歯ごたえが楽しい。

ふわっと爽やかな香りと甘酸っぱいこれは！　レモンです！


お引越しを控えて、メイドや侍従が荷造りをしているからでしょう。最近は屋敷の中が少しだけ落ち着きません。

社交のシーズンや旦那様のお仕事の都合で王都へ来ることもあるからと家具などはそのまま置いていくはずなのですけれど、それでも持って行く荷物は多いそうです。一緒に行くタバサたちや他の使用人たちの荷物もありますし。

私も！　女主人として！　お手伝いをしなければ！

「奥様。そのフードカバーを今片付けてしまうと、花の飴も飾れなくなりますよ」

「それは駄目です」

寝室にあったガラスのフードカバーをしまおうと部屋から持ち出したところでタバサに声をかけられました。

このフードカバーを割れないようにしまうのは前に習ったからできると思ったのですが、まだ早かったです。お花の飴はいつも寝室に飾ってなくてはなりません。

これを片付けるのはお引越しをする日、来月です。元あった場所に戻しました。お花の飴もひとつ食べます。

「奥様。ステラ様の出産祝いに編んだ靴下などをこちらにしまうのはいかがですか」

そう言ってタバサが出してくれたのは、内側に花柄の布を張ったラタンの蓋つきバスケットでした。

靴下や手袋、帽子とたくさん編みましたから、これはちょうどいい。

ひとつひとつ丁寧に並べて重ねていきます。


……全部しまいましたけれど、まだ隙間ができます。

荷造りは隙間があってはいけないと習いましたので、もうちょっと編むことに……そういえば旦那様は私がつくった魔王の立体刺繍入りハンカチをとても喜んでくださいました。

帽子に立体刺繍したらいいんじゃないでしょうか。

こう……この辺からしゅるっと立ち上げるように。しゅるっと。

タバサはまたお仕事をしに行きましたので、キャビネットから裁縫箱と刺繍枠を出します。あといろんな糸や毛糸をしまってあるところもちゃんと知っています。女主人ですので。

編んだ帽子をひとつとって、きっちりと刺繍枠にはめ込みます。太めの刺繍糸を通した針でひとすくい。

私の予想ではここから編み上げていけば、ばっちりになるはずです。

「奥様、そろそろお昼に――これは」

「亀です！　サミュエル様には大きな亀をあげましたから！　赤子にもちっちゃい亀をあげます！」

新婚旅行のお土産でサミュエル様には大きな亀のはく製を差し上げました。

一緒に乗って楽しかったし、サミュエル様も喜んでましたから、きっと赤子も嫌いではないでしょう。

まだ角《ツノ》は半分までしかできていませんが、時間はまだまだあります。

「亀……ああ、あの角亀《ザラタナ》……」

タバサは編みかけの角をそっと撫でて頷きました。そうです。角です。頷き返すとタバサはきゅっと口元を引き締めて、いえ、ちょっと震えてます。

「奥様。赤子には少々、ええ、しょ、少々、大きすぎる亀のようです」

「そんな！」

「んんっ、大丈夫でございますよ。きっとサミュエル様にぴったりの大きさになるかと」

そうでしょうか。帽子を裏返してみます。耳のあたりを覆うように広がって、紐代わりのレースが伸びているこれは、赤子の頭はこれくらいだと教えてもらって編んだものです。

……サミュエル様には小さいのでは。

「紐は長めにとってありますからね。ちょう、ちょうどよく亀が頭に乗る、かと」

「あ！　サミュエル様の頭がちょうど甲羅っぽく！」

「えっ」

「そうですそうです！　最初は亀の甲羅も編もうと思ってましたけど、頭が甲羅なら角を作るだけで亀！　さすがタバサです！」

「――っ、いえ、さすが奥様。発想がようございま、す」

オルタに向かう途中で、ドリューウェットのお城にも寄ります。サミュエル様も喜ぶいいお土産ができました。

◆◆◆

元ロングハースト伯爵夫人を国家騒乱罪および反逆罪で捕らえてからひと月がたつ。

どうも本人たちにその意識はなかったようで、単純に俺を排除もしくは人質としてアビゲイルを取り返すだけのつもりだったと喚き続けていた。馬鹿なのか馬鹿なんだな。

　王都の中心部に近い貴族街で魔物を呼び寄せるような真似をして、何をどうしたら無事で済むと考えていたのか。馬鹿だからか。

　がけ崩れで塞がった街道を復旧させた遠征組が、先日になってやっと帰還した。がけ崩れの工作をやらかしたロングハーストの奴らの残骸とともに。

　自らが率いる隊に損害を与えようとした輩を、あのウィッティントン将軍閣下が見逃すはずもない。現地にいなかった残党までも芋づる式に引っ立てるべく、いい笑顔で算段をつけ始めている。

　ロングハーストでアビゲイルを狙っていた奴らは元々一枚岩ではなく、だからこそ動向を押さえきれなかった。けれど軍という強権が発動した今、多少の方向性の違いなど意にも介さず根こそぎ殲滅となるだろう。反逆罪は一族郎党連座が基本なのだから。

　そして一応は縁者ともいえるアビゲイルとその夫である俺の処遇は、予想通りに本部のある王都から離れ地方への左遷となる。

　もっとも、とかく口やかましい連中を黙らせるためにそう見せかけているだけであって、俺の生家であるドリューウェット領への配属なのだから実質何の痛手もない。領の事業を手伝いやすくなって楽になるくらいだ。ロングハーストの件だって尋問や調査から俺は外されている。進捗や結果は閣下やドミニク第四王子殿下から内々に知らされているし問題もない。

けれど引き継ぎ業務諸々からは逃れられずに、ここ最近は日付をまたぐまで帰れないことが多くなっていた。


「変わったことは？」

「特にございませんね。奥様は健やかにお過ごしですよ」

「ん」

イーサンに上着を預け、襟元を寛げながら寝室へ向かった。

そっと扉を開けて覗けば、やたらと大きく布団が盛り上がっている。ぬいぐるみを抱え込んで眠っているのだろう。赤髪が枕の上に広がっているのが見えた。

あー、もうあの『お帰りなさいませ』を何日聞けてないんだ……。

「毎晩お出迎えをするのだと、言い張ってはいらっしゃるのですが」

「……口に出てたか」

「あー、もうあの『お帰りなさいませ』を何日「お、おう。繰り返すな」」

イーサンは苦笑程度にとどめているが、ロドニーは「んっふ」と妙な声をあげていた。なんだそれ。くっそ。


領の仕事を少し片づけてから湯あみをして寝室に戻る。

前は主人が俺だけとはいえ多少の屋敷の仕事もあったが、今ではすっかりアビゲイルが片付けてくれるようになっていた。それどころか領の仕事まで手伝ってくれていて、イーサンやタバサもその分休ませてやれる。

眠るアビゲイルの隣に滑り込み、ぬいぐるみをそっと引く。

……うん。

しっかり抱きかかえてるな……ぬいぐるみは壁となっていて妻が遠い。なんだって俺はこんなでかいぬいぐるみを聖夜祭の贈り物にしてしまったのか。

いや喜んでいたのだからいいんだけどな。

夏用の布団を掛けなおし、ぬいぐるみの向こうから枕に広がる赤髪の手触りを楽しむ。


先月の遠征期間はほぼひと月だった。

イーサンの報告によれば普段と変わりないように見えて、食欲が落ちていたらしい。少量ずつしか食べられないわりに、意気込みだけはいつでも満ちているこのアビーが、だ。

タバサと料理長が色々と工夫して体調を崩すまではいかなかったようだが、随分と屋敷中の気を揉ませたと聞いている。

本人に自覚がなくとも原因は俺がいないことなのは一目瞭然で、報告された時には本気で退役の段取りを思い描いた。

去年の遠征でそんなことはなかったのだから、これはもうアビゲイルの中で俺の存在が占める割合はどんどん育っているということだ。

　俺の妻の可愛さはとどまるとこをしらん。

　兄が爵位を正式に継いだら退役して補佐業に専念するつもりでいたけれど、もう少し前倒しをしてもいいだろう。すぐというわけにもいかないが、まずはこのオルタへの転属でよしとする。イーサンたちにも窘められたしな……。

　交易港を持つオルタは地方でありながら要所でもあるから、遠征参加の義務はない。

　数日ならともかく長期で屋敷を空けることもなくなるし、オルタは他国の者が行きかう割に治安だっていい。嫁いで間もなくは体調を崩しやすかったし、その後もロングハーストのことがあって王都ではあまり外に出せなかったが、もう少し自由にさせてやれるだろう――ん？

「起きたの、うぉっ⁉」

　妙にじたばたし出したから布団を少し持ち上げてやると、勢いよくぬいぐるみが飛び出した。ばふんと気の抜けた音を立てて床に転がっていく。

「アビー？」

　ぬいぐるみがあった空間にころころ転がってきたアビゲイルが、俺の胸に顔をぶつける勢いでくっついてきた。

　……また鼻息荒いのに起きてはいないなこれ。

　すんすんとひとしきり匂いを嗅いでからふんわり口元を緩めて穏やかな寝息をとりもどしたアビゲイルに、もう一度布団を掛けなおす。

眠っている時までこれだ。どうしてくれようかと思う。

「……」

自分の腕に鼻をつけて嗅いでみたけれど、やっぱりさっき使った石鹸の匂いしかしない。はずだ。多分。

もうちょっと仕事を詰めて、できるだけ早く帰れるようにしなくちゃならんなと赤髪に頬ずりしながら思う。あと少しだ。頑張れ俺。

◆◆◆

厨房には毎日通います。

ノエル家に来てすぐの頃は、私はおなかを痛くしたりしてお仕事もできませんでした。お掃除が得意ですって言ってもそれは女主人の仕事じゃないって言われますし。

でもタバサが、女主人は毎日の食事を料理人と相談したりもするのですよって教えてくれたのです。女主人すごい。

それからはずっと毎日通っています。

私専用の椅子だって、厨房の端っこに用意してもらえました。

料理長もその部下の料理人やキッチンメイドも、ナイフでするするとおいもやにんじんの皮をむいていきます。

私にもきっとできると思ったのですが、私がナイフを持つと料理長は両手を前に出したまま動かなくなってしまいますし、旦那様はひぃって短く息を吸ったまま止まってしまうのです。

何回か練習してみましたけど、そのたびにちょっと泣きそうな顔でお願いされてしまうのでやめました。

本当はもう少し練習したらできるようになるはずでしたが、仕方がないことです。旦那様が泣いちゃうのは駄目なので。

それにお料理は切ったりむいたりだけじゃありません！

「できました！　次はどの豆ですか！」

「ありがとうございます。さすが奥様。見事な筋とりです」

ボウル一杯分のさやえんどうを調理台におくと、料理長が褒めてくれました。

「これは何になりますか！」

「ポタージュスープにし「ぉぉぉ……！」――くっ、さ、ささ、ちょうどおやつの時間になりましたよ」

料理長のつくるポタージュスープはとろとろで滑らかな舌触りがとても美味しいので――あ！

「ちっちゃいたまご！　ちっちゃいたまごの燻製！」

つやつやした茶色のちっちゃいたまごの小皿を、キッチンメイドがカートに載せています。

一緒に載っているガラスのピッチャーは表面に水滴がいっぱいついていました。

これは最近新しく仕入れた緑色のお茶です。ちょっぴり苦みがあるのにまろやかで不思議な美味しさ。

前世では魔王と仲良しだったウェンディが淹れてくれたときは、どろりと濃くて口の中がしわしわしたのですけれど、ちゃんと美味しい淹れ方もあるのです。

紅茶と同じ葉っぱだと教えてもらったときはびっくりしました。さすが人間。


おやつは温室から続くテラスですることにしました。

ちっちゃいたまごはぷりぷりで口の中でもにゅっと割れます。ふわりと燻製のいい匂いでしっとりした黄身が舌にくっついてずっと美味しい。

燻製は料理長のお得意です。この前燻製してくれたドライフルーツのイチジクだってとっても美味しかった。あの燻製する箱もきっとすごいからです。なんでも美味しくなるし、私が箱に入れても美味しくなる。……今度お城のすごい牛のミルクをいれてみましょう。


お帰りになった旦那様と一緒に夜ごはんです。ポタージュスープ、やっぱり美味しい。

「……ミルクはどう、だろうな?」

筋とりは私がお手伝いしたので、私が半分くらいはつくったのと同じだと思います。

だから私も美味しい何かがつくれるはずとお話ししましたら、旦那様は首を傾げて壁際に立つ料理長を窺いました。私も見つめます。料理長は目をつぶって上を向いてしまっていました。

「――そうっす、いや、そうです、ね。なんとか、いや、なんとでもしてみせましょう」

やりました！

「明日できますか！　煮たりとか！　焼いたりとかも！　私できると思います！　明日ですか！」

「アビー、アービー。ほら」

旦那様が、時々ぽこりと気泡をあげるチーズの小鍋にブロッコリーをくぐらせました。もったりとした白いチーズがまとわりついたそれを、ふうふうと少し冷ましてから食べさせてくれます。美味しい。歯ごたえだってちょうどいい感じ！

次は何がいいでしょう。やっぱりソーセージが。

「次はにんじんだ」

にんじんも好きです。甘いし、料理長がお花にしてくれましたし。それからひと口サイズのおいもを食べて、次がソーセージでした。

お城のすごいチーズですからいつもよりも美味しかったと思います。

くつくつと煮立っているのは真っ赤なベリージャムです。

　裏庭の野苺や今朝商人から仕入れたブラックベリーとラズベリーを鍋に入れて火にかけました。料理長が。鍋に入れたのは私です。あと砂糖も入れました。

　それからかまどの前に椅子を持ってきて鍋を見張っています。

　ちょっと汗が出てきましたけど、料理長に声をかけられたら鍋の中をかき回すのです。

「さあ奥様、次はこれです」

「はい！」

　料理長が小麦粉の入ったボウルに小さく切ったバターを入れました。

「こうして、こう！　こうして、こう！」

　教えられた通りに、バターが馴染むよう両手で小麦粉ごとこすり合わせます。ずっと握ってたらバターが溶けちゃうので、しゅっと！　しゅっとです！

　ほろほろの粒々になったバター入りの小麦粉を料理長がまとめると、いつのまにか粉はタオルみたいになって広がりました。それをぱたんぱたんと何度も畳みます。

　何度も畳んでるのに小さくなっていない……料理長だから？

　畳まれた生地が今度は大きなナイフで切り分けられていきます。

　粉で真っ白になっていた手は気がつくと綺麗になっていました。知らないうちに誰かが拭いてくれたのでしょう。

「後は焼くだけなので奥様は」

「私が入れます！　それ入れます！」

「えっ」

小さな四角に整えられた生地が等間隔で並ぶ薄い鉄のオーブン皿を両手でしっかり持ちました。


これ、を、オーブンにいれる！

オーブン皿を傾けない、よう、に、まっすぐです！


「お、おくさまっ、熱いですからね！　あっ、熱いので！」

「知ってっ！　ます！」

火は熱い。当たり前のことです。

後ろで、ひゅっとか聞こえますけど、私は火が危ないのをちゃんと知ってるから大丈夫です。

オーブン皿は少し重かったですが上手にまっすぐオーブンの中に収められたので、力が入っていた息を抜きました。後ろでもふぅってしてました。

あとは焼けるのを見ているだけです。


「そうして！　できたのがこちらです！」

「お、おう。聞いてるだけで手に汗握ったな……」

今日は旦那様のお仕事がお昼で終わるので、おやつを一緒に食べる日です。

明るいうちに旦那様がお帰りになったのはとても久しぶり。

庭でティーテーブルを囲みます。

ちょっと雲があってそよそよ吹く風が気持ちいい。

タバサとロドニーが、焼きあがったスコーンとジャムをお茶と一緒にサーブしてくれます。

「私が！　煮たりとか焼いたりとかしましたので！　どうぞ！」

ぱこりと上下に割ったスコーンの上半分にクロテッドクリームとジャムをたっぷり載せて、旦那様の口元に持っていきました。

「美味しいですか！」

「ああ、すごく。俺の小鳥は料理まで上手だ」

ひと口でスコーンを食べた旦那様は、にっこりと笑ってくださいます。やりました！

旦那様は下半分のスコーンに、クリームとジャムを載せて私に食べさせてくれます。これは小さいから私もひと口です。

美味しい！　私も旦那様に美味しいをあげられるのです！

嬉しくてテーブルの下で足がふらふらしそうになりましたけど、ぐっと止めました。お行儀が悪いので。

「そうだ。明日はリックマンが来るんだったか。俺が遠征の間も来てたんだってな。ほら、こっちだろ」

今食べたのはベリージャムだったので次はと考えていましたら、旦那様がもうひとつスコーンを割ってレモンカードとクリームを載せてくれます。

そうです！　そっちにしようと思っていました！

「はい！　リックマンはお話がとても上手なのです」

「お話が上手……？」

旦那様はちょっと不思議そうです。

レモンカードも甘酸っぱいですけど、ベリーよりちょっと爽やかな感じがします。これは料理長がつくってくれたやつ。美味しい。

私が飲み込むまで旦那様は紅茶を口にして待っていてくれます。

「ちっちゃい坊やのお話がとっても面白くて、リックマンが今まで弟につくってあげたお話を紙に書いて持ってきてくれます」

「あー、喋るほうじゃなくてな。サミュエルにも見せるんだって君が書きとめていたやつだろう？　まだほかにもあるのか」

「リックマンはすごいです」

ちっちゃい坊やも面白いのですが、出てくる獣や魔物は本物よりもちょっとだけ賢くておしゃべりも上手です。

坊やのおつかいやお散歩を少しだけお手伝いしたり、反対に邪魔したりします。

坊やにはおともの毛玉猫がいますから、魔物たちとすごく仲良くなるわけじゃありません。知らんぷりしたりもします。

それがとても。

「お話ですから本当とは違うのですけど、まるで本当みたいで！」

「あー……なるほどなぁ。そっか」

旦那様はにこにこしながら私の口元を親指でぬぐって、そのまま舐めてしまいます。クリームついてましたか。お行儀悪かった。

「意外ではあったが、友人ができてよかったな」

「ゆうじん」

「え、違うのか」

そういえばリックマンと本を読んだりおしゃべりするのは楽しいです。

「なるほど！　リックマンはおともだちでした！　旦那様のピヨちゃんと同じです！」

「い、一応人間でもいるぞ？　前に夜会で紹介したことだってあるだろ？」

「え」

確かに夜会でそんなこともあった気がしますが、屋敷に来たことはありませんのに？

少し驚いてしまいましたらなぜかロドニーが吹き出しました。

「主は奥様を独り占めしたいからご友人を連れて来ないんですよー」

「違うぞ。アビー違うからな。いや全く違うというわけでもないけどだな」

違うけど違わない？

ちょっとよくわかりませんけども、旦那様の耳が少し赤くなっていたので掴みました。

「あ、うん。そのうちな。そのうち機会があればな」

「私おもてなしできます。お任せください。義母上にちゃんと習いましたし！　私は立派な女主人なのですから！」

旦那様は「いや、やっぱりだめだ」とか、もにゃもにゃ言いながら両手で顔を覆ってしまいました。

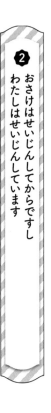

❷ おさけはせいじんしてからですし わたしはせいじんしています

はあぁっと、リックマンは今日何度目かの深いため息をつきました。

持ってきてくれた坊やのお話は、ひとつのお話ごとに厚紙を表紙にして綴ってあります。

表紙に絵を私が描いたらいいって！

中の紙も空白がいっぱいあって、そこにも絵を描くことができますよって！

私とリックマンがつくった絵本になるのです。なんてすばらしい！

一冊一冊ちゃんと角をそろえてテーブルの端に積み上げてから、冷えたガラスの器を引き寄せました。

今日は小雨が降っていましたから、温室《コンサバトリー》でお茶会です。暑いほどでもないですが少し蒸しているので、ブルーベリーソースのかかったヨーグルトゼリーがさっぱりして美味しい。

冷たいものばかりじゃなく小さなマドレーヌとかの焼き菓子だってあります。

「リックマン、やっぱり苺が欲しかったですか？」

「え、ええ、え？」

「あの子たちも結構がんばったんですけど、やっぱりずっと実ってるわけにもいかないみたいで」

「いいいいいえ、いえ、美味しいです！　きょ、今日のお菓子、も！　おおおお茶も！　こここのお料理はいつも！　あああの子？」

「料理長はお城の人でしたから！」

リックマンとは前に裏庭で一緒に苺をとって、料理長にたくさんおやつをつくってもらったのです。リックマンは苺が好きだから。

義母上もゲストが好きなものを用意することは大事だって教えてくださいましたし、リックマンはとても喜んでくれたので私もうれしかった。義母上すごい。

だけど苺にもやはり限界というものがありますし。

ロングハーストにいた桑の木は大きかったから、もうちょっと頑張れていたのですが。

でも今日のお菓子も美味しいって言ってますし、ため息の理由は別のことでしょうか。他になにが。

「え、えっと、も、もうすぐ王都を、はは離れ、ますよね。さささささみしいなって」

「さみしい」

「そその、オルタ、は、遠いですし、せ、せせせっかく仲良くな、あっ、そのおこがましいんですけどそんな夫人と仲良しとかそういうの図々しいかもしれないんですけどこうして好きな本を読みあうのも私の書いた話を喜んでくれるのもうれしくてお茶もお菓子もすばらしく美味しくてそんなのができなくなっちゃうというかなかなかお会いできなくなるのがさみしいとか思っちゃってその仕方ないんですけどっあっすみませんっ」

　リックマンは時々こうして息をしないでしゃべりだします。テーブル越しに手を伸ばして、お茶の入ったグラスをリックマンの方へと寄せました。

　いつもはタバサがしてくれますけど、今日は忙しくて一緒じゃないから代わりです。

　お茶をこくこくこくっと飲んだリックマンは、カップをソーサーに戻してうつむいてしまいました。

　髪をかけた耳の先が真っ赤になっていて旦那様みたいです。いえ、それはいいのですけども。

「リックマンはちゃんとごはんを食べてますか。これも美味しいですよ。ほら、マドレーヌです。料理長はいっつもひと口で食べられるようにちっちゃくお花の形にしてくれるのですけど、お花みたいに苦くないんです」

「えっ、あっ、はい、いただ、きます」

「ごはんはちゃんと食べないと駄目です。私は気づかなかったんですけど、旦那様が遠征の間ごはんをたくさんは食べられなかったみたいです。さみしかったからだろうって教えてもらいました。さみしいのはごはんが食べられなくなるらしいです」

「あ、はい……美味しいです」

「私も旦那様と仲良しですし、リックマンは私とおともだちだから遠くなるとさみしいんですね」

「おおおおともだちっ」

リックマンは腰かけたままで、ぴょんと跳ねました。

びっくりして私も少し跳ねました。

「違いましたか。一緒にいて楽しいからおともだちで合ってると思いましたけれども」

「合ってますうれしいです私だけでなく夫人も楽しいと思ってくださってたなんてなんてなんてああああのっもしよかったらなんですけどアグネスと呼んでもらえるとうれしいのですがどうですかっ」

「アグネス。そっちが名前でしたか！　じゃあ私はアビゲイルです。アビーでもいいです」

リックマンはずっとリックマンだったからうっかりしてました。

家族以外が名前を呼ぶのは仲良しだけだと、そういえば習ったはずです。アグネス。おともだちだからアグネスです。

「うっううれっしいっです、す」

アグネスは泣き出しちゃいましたので、膝の上にあるままの手をとんとんしてあげました。

「で、できるものなら、わわ私もつい、ついていきたいの、ですがっ、じじ侍女とかの勉強はしししていいなく、なくって」

そういえば私に専属の侍女をつける話は前からありました。

今も探してはいると聞いてます。

でも私は社交をしないですから急いではいませんし。

「タバサがいるからいいです」

「でですよねええ！　そ、そそれに私もドミニク殿下に、おん、恩があります、し」

「お仕事は大事です」

「オルタは遠くてそんなにたくさんの休みはとれないのですけどきっと殿下からノエル様に使いを出されることもあると思うのでそしたら私が絶対にもぎとりますから！」

ぎゅっと力強く手を握り返してきたアグネスは、泣いてるのに笑っているみたいなわかりにくい顔でした。


ここのところ旦那様はずっとお帰りが遅くて、私もお帰りなさいをするために待っているつもりなのに、湯あみの後はぽかぽかしていつも眠ってしまっていました。

でも今日はお帰りなさいができたのです。

ちょっとだけうとうとしていたところでしたが気づかれてはいないはず。

お食事はもうすませたとのことでしたので、一緒にホットミルクをいただきながら今日あったことを報告しました。旦那様はブランデー入りで、私ははちみつ入りです。

「アグネスは涙が出ていましたけど、笑ってたと思うのです。合ってますか」

「ああ、合ってる」

そうでしょう！

私はにんげんの表情がもっとわかるようになったのです！　すこし難しかったですが！

「ロドニーも時々笑いながら涙が出てますし！」

「ははっ、ロドニーは笑いすぎだよな」

「笑うのは楽しくていいです」

旦那様も楽しそうに笑ってくださってますし。

「それはそうと侍女か……。確かにアビーと話が合うってのは貴重なんだが、王子付きの文官となると少なくとも結婚するまでは辞められないだろう」

「一生お仕えするのだと言ってました」

「へぇ。それはなかなか覚悟が決まってる。少し見ていただけでも有能だったし……あの王子は妙にそういうとこ上手いんだよなぁ」

よくわかりませんでしたけど、頷きました。多分アグネスがかしこいってことだと思うので。でも旦那様は私がわからなかったことに気がついたみたいで説明してくれます。なんで気づかれたのでしょう。旦那様すごい。

「貴族令嬢は嫁いで当たり前みたいに育てられることが多いもんだ。それに貴族夫人の仕事が結構大変なのは、母上を見てるから知ってるだろう?」

「義母上はお忙しいです」

ドリューウェットの領地は大きくて、社交とひと口に言いましても地元の流行から他領の特産品情報などまで、いろいろと覚えることや調べることがあるのです。

義母上が王都にいらしたとき、お勉強の時間をつくってくださいましたから知ってます。

特産品情報とかは私もすぐ覚えられましたけれど流行はどうしてもわからなくて。

になりました。

　でも、そうしたら義母上は「得意不得意はあるものです」と、お勉強の時間はおやつの時間に
「貴族夫人でなくとも、タバサみたいに嫁いだ後も仕事を続けるのは珍しいんだぞ」

「タバサみたいに！」

「うん。男爵令嬢だったのもリックマンと同じだな」

「タバサと同じ……だから私に優しいのでしょうか」

「いや、それは君が可愛いからだ」

「なるほど！」

　おいでと旦那様がご自分の腿を叩きましたのでそこに座りました。

　腰に腕を回してしっかりと支えてくれますので、ぐらぐらしたりしません。

「ミルクは飲み終わったな？」

「はい！　美味しかったです！」

「よし。じゃあ寝る時間だ」

　私を抱っこしたまま立ち上がる旦那様は力持ちです。

　あちこちに口づけをしながら寝室へ連れて行ってくれました。

　これは！　きっと！　閨です！

◆◆◆

王都と領地を行き来することなど、普通の貴族にとっては恒例行事だ。

大抵の貴族は社交シーズンである春から夏の終わりにかけて毎年王都へやってくるのだから。

そして国軍に所属する者も同じく、国中に点在する基地や情勢によって発生する係争地を渡り歩くため勤務地が変わることなど珍しくもない。

だから俺が王都を離れることになっても、たいしたことのない日常なはずだ。

「同期や部下が壮行会してくれるっていうんだから、慕われてるのだと喜べばいいだけのことじゃないですかー」

「わかってる。わかってるんだそれはな！　だけど夫人同伴じゃなくたっていいだろ！」

それなのに、やっと引き継ぎ業務も落ち着いて三日後には王都を出立する段になったところで、壮行会が用意されていると聞かされた。

「こういう会は大抵そうでしょー」

「そりゃそうだけどだなぁ」

「旦那様！　支度ができました！」

エントランスでロドニーと待っているところに、アビゲイルが弾みながらやってきた。

基本的に軍は平民が多い。俺のような後継ぎじゃない貴族出身であっても、まずは騎士を目指すものだし。

　だからこの壮行会もきどった場ではなく、部下たちがたまに家族と使う少しばかり上等な程度のレストランだ。

「夜会みたいにドレスではないのですね。らくちんです！　これは可愛いですか！」

　普段家で着ているワンピースよりは華やかだけれど、気取りすぎず堅苦しさもなく。場に合った選択だと思う。

　こういうのが本来専属侍女の仕事なんだが、さすがにタバサレベルの人材はなかなか見つからない。

　俺自身は子爵でも、実家は国内有数の権力を持つドリューウェット侯爵家だ。高位貴族と下位、両方の作法や習慣を習得している必要があるし、さらにアビーの事情もある。

　これまでは社交をほぼしていないから、ついついタバサに甘えて先延ばしになっていたけれど、そろそろ本腰を入れて探さなくてはならないのかもしれない。社交をしない方針は変わらないが、避けられないものもある。

　夏用の軽やかな布を使ったワンピースの裾は、両手を広げてくるくる回るアビゲイルにワンテンポ遅れて広がった。

「ただひたすらに可愛いな……」

「それはようございました！」

「ぶふぉっ」

何故唐突にタバサの真似をするんだ。ほんと可愛くて外に出したくないな！

貸し切りにしたレストランの各テーブルには、体力勝負の軍人の腹を満たすべく肉料理と酒が所狭しと並べられている。若い者で楽しめと参加していない閣下まで出資してくれたそうだから、出発前にはもう一度挨拶に行かなきゃいけない。

代わる代わる肩を叩いて激励を送ってくれる同期や先輩、惜しんでくれる後輩に部下と、俺は人に恵まれている。過去の話にはなるが女運だけが何故かどうにもアレなだけだった。

それでもアビゲイルを得られたのだから差し引き大きくプラスだと今なら自信をもって言える。

形式通りの挨拶を済ませれば、空気は砕けたものに変わるのがいつものこと。役職の上下はしっかりとあるが、身分はあまり影響しない。騎士になれず流れて来た貴族子息には、これに馴染めず早々に退役する者がいるくらいだ。俺は武勇を重んじる領の出身だし、幼い頃から私兵の荒くれものたちに馴染んでいたからどうということはない。

俺が挨拶をしている間、アビゲイルは子爵夫人らしくおすましをしていた。そうしている時は、整った顔立ちと神秘的な金色の瞳が少しばかり近寄りがたくも見えるようだ。部隊一お調子者の部下ですら、らしくもなく緊張していた。最初のうちだけは。

「あ、あの、ノエル少佐……奥方様は」

挨拶を受けては口角をゆるく上げた微笑みで返していたアビゲイルだが、今は隣のテーブルにくぎ付けだ。

王都勤務は各地から選抜された優秀な者たちが集められている。

こういった親睦を兼ねた会ではそれぞれの地元料理の持ち込みが恒例だった。だよなー。見たことない料理がいっぱい並んでるからなー。

「あー、うん。――アビゲイル、これか？」

「はい！」

固定された視線の先にある料理を小皿に取って戻ると、輝きを増した金瞳に迎えられた。

「わあ！　おっきなきのこのお皿！」

「熱くはなさそうだ」

ちょっと見ないくらい大きなマッシュルームをひっくり返した器として……グラタン？　が詰まっている。一番上に載っているのはクリームチーズだろうか。

これ丸ごとひとつは多すぎるだろうなと、ひと口分を切り分けてやった。「少佐が給仕を……」「噂は本当だったんだ……」などと騒めかれているが、多いんだからしょうがないだろう！

「美味いか」

「はい！」

満足気なため息をついたところで聞けば、いつも通りの元気な声がかえってくる。

うん。すっかりご機嫌で、もうおすましは頭から消えたようだ。

覗き込むように身を乗り出してきた部下が嬉し気に手を上げた。

「それっうちの嫁さんの得意料理なんですよ！」

「奥様はどこの料理長ですか⁉」

「えっ、いえ」

「料理長じゃない⁉　美味しいのに⁉」

そこから夫人たちが群がって来て自分たちのテーブルにアビゲイルを連れ去るまで一瞬だった。

◆◆◆

大きなマッシュルームにグラタンが詰まったものは、きのこの歯ごたえに滑らかなホワイトソースやとろっとしたクリームチーズが合わさってとっても美味しかった。

どうぞどうぞこちらにもいらしてと誘われたテーブルには、旦那様と同じ隊の人の奥様が六人いました。アグネスくらいから義母上くらいの人まで、ばらばらの年齢ですけどおともだちなのだそうです。

「そりゃあ、私ら平民ですからねぇ。わざわざ料理人を雇ったりしませんよ」

旦那様のように軍にお勤めする人の妻は大体お料理ができると、グラタンの奥様は照れくささそうに笑って教えてくれました。

料理人に教わったのかと聞けば「いやですよぉ、そこまで御大層なものでもないですってば」とますます嬉しそう。料理は習わなくてもできる……？


奥様たちは次々に料理を持ってきてくださいます。食べたことがあるものもありましたけど、そうじゃないのもいっぱいでした。

色んなソーセージがはいったグヤーシュというスープは、トマトでさらっとしているようでこっくりと脂のまろやかさが美味しかった。

「揚げたてが本当は一番なんだけど」

そう言って出されたスプリは、中に米や刻んだたまねぎとかニンニクがはいった揚げ物でさくさくふわふわでした。

勧められるたびにロドニーがささっとやってきてひと口ずつにしてくれたので、どれもちゃんと食べられたのです。

全部美味しかったですが、なんとそれぞれ自分で作ったというではありませんか。しかもみなさん本当に料理長に習ってないって。すごい。

「私もこの間スコーンをはじめて焼きました。旦那様は美味しいと言ってくださいましたし、上手にできましたけど、それは料理長に教えてもらったからなのも、ちょっとあると思います。グラタンすごいです」

「あの、あのっ夫人？　こちらいかがです？　……庶民のものなのですけどさっぱりしますから」

新しく差し出されたのは、白い実？　野菜？　を細長い四角に切ったものです。

ぽりぽりと瑞々しい歯ざわりで酢とお塩が効いたピクルスでした。

あとちょっとだけピリッとしたのはチリペッパーでしょうか。このくらいの辛さなら平気です。

さっき食べたスプリのもったりした名残が流されました。いえ、名残も美味しかったですけども。

「さっぱり！　美味しくてちょうどいい！　これは何のお野菜ですか」

「よかった！　実家でつくっているメロンなんです」

「メロンは果物です」

確かそうです。

甘くて果汁がいっぱいあって、果肉は柔らかかったですし、こういうのではなかったと思うのですが。

「大きな実になるようにまだ熟していない小さなものを間引きするんですけど、それを使うんです。簡単なものですが、夫がお酒のつまみに気に入っていて」

庭師のお爺は大きな花を咲かせるときに、つぼみをいくつかとってしまいます。それと同じなのでしょう。

魔物だって弱い子は巣から追い出しちゃったりします。ピヨちゃんも元々そうですし。

去年食べたメロンは、料理長が切ってから出してくれたので元の大きさははっきりとはわかりませんが、多分大きかったんじゃないかと思います。

　大きいのだけじゃなくて、小さいのまで美味しくするとは！

「実家は小さなしがない男爵領ですし、特産と言えるのはこのメロンだけなものですから「ロベニラ領ですか」えっ、ええ」

　男爵領でメロンが特産なのはロベニラだけです。習いました。

　初めて食べたメロンはロベニラメロン！

「ロベニラ産のメロンは去年食べました。美味しかったです。料理長はメロンが一番美味しいのはロベニラだって」

　ピクルスの奥様がとっても嬉しそうにすると、他の方たちもどれがどこのお料理なのか教えてくれました。

　全部義母上に習ったところです。

　私はちゃんと教わったら覚えていられますから。

「ソーセージのカリガス領は豚で、スプリはリチュナでひまわり油が特産です。義母上に習いました」

「あらまあ、お義母様から……ドリューウェット侯爵夫人ですよね？」

「はい。義母上はとっても優しく色々教えてくれてすごいのです」

　メロンの奥様は男爵令嬢だったころに、義母上をお見かけしたことがあると教えてくれました。

「身分も違いますし淑女の鑑と言われるほどのお方ですから、お話をしたことはないのですけれど……」

鑑！　聞いたことあります。やっぱり義母上はすごい。

「ある夜会で無礼な子爵令嬢がいてね、侯爵夫人が、こう、ピシッと扇を鳴らして窘めてらしたの。静かな声なのにそれはもう怖くてねぇ。だけどとてもお綺麗で格好良くて。恐れ多くてお近づきにはなれなくても、遠目で憧れている令嬢はたくさんいたのですよ」

手にしたハンカチを扇に見立ててご自分の手を打つ真似をする奥様は、そのままハンカチを頬にあててうっとりとした顔をしました。

周りの奥様も、へぇえって感心してるみたいです。

そうでしょうそうでしょう。

わかります。義母上の扇はいい音がしますから。

使い方は教わりましたけど、私はあんまりいい音を出せませんでした。どうしても掴んじゃう。

「遠目で憧れられている……確か旦那様もそうだったはず！　旦那様は義父上にそっくりなのですが、義母上にも似てるのですね」

前にロドニーが言っていたと思います。気づいてなかったのは主だけですよーって。

私も気がつきませんでした。

「ふっ、ふふふ……っ、遠目――っ夫からちらりと、聞いたことはあります、ね」

みなさんとてもにこやかにそれぞれ同意の言葉を口にします。

義母上が茶会に連れて行ってくれたことがありますけど、そこでもご夫人たちはこうして楽しそうに優しくしてくれました。奥様たちも優しい。

「あっ、そうです。ステラ様、えっと、旦那様の兄上の奥様なんですけどっ」

「若奥様ね」

メロン奥様の相槌に他の方もうんうんと頷きます。

私は両方の人差し指で眉を押さえてきゅっと寄せました。

この間第四王子に見せようとしたら「なんで息止めてるの」ってわかってもらえませんでしたけど、でもこれなら！

「ドリューウェットの人間は、ほんとは優しいのに怖がられることがよくあるんだって言ってました。ドリューウェットはここがこうだからだと思います」

「ぷほっ」

離れたテーブルにいる旦那様の方に顔を向けると、ちょうど目が合ったので頷きを送りました。できました。

「少佐殿が随分と変わったとうちの人も言ってたけど、婚家の方たちにまで可愛がられてるんですねぇ。いいことだわぁ」

婚家で優しくしてもらえないとどれだけ大変なのかと、奥様たちが楽しそうにお話をします。大変だって言うのに楽しそうなのはよくわかりません。

でも義母上やステラ様やタバサがどんなに優しいかお話ししても楽しそうに聞いてくださるから、私もなんだか楽しくなってきました。

私は今、ちゃんと社交ができてるのではないでしょうか。

「——あっ」

飲みかけの果実水のカップを左手で持った瞬間、壁際に控えていたロドニーの声が後ろから聞こえました。

振り返るとこっちを見てたので、目を合わせながら勢いよく飲みます。

いっぱいおしゃべりしたから喉が渇きましたしって、あら？

私が飲んでいたのはりんご味だったと思うのですが、違う味がします。

それに喉もぱあっと熱くなりました。

「あらあら。アビーちゃんのはこっちじゃない？」

グラタン奥様が、私の右手側にあるカップを指差します。そうでした。お行儀悪かった。

「間違えました。ごめんなさい」

「いえいえ——でもこれ蜂蜜酒《ミード》ですけど……大丈夫ですか？」

私が飲んでしまったのは、メロン奥様の飲みさしだったようです。

蜂蜜色だと思ったら蜂蜜酒！　道理で！

「お、奥様、どうです？　気持ちが悪いとか……わぁ、飲み切ってるー」

ロドニーは恐る恐る近づいてきて、私の手から取り上げたカップを覗き込みました。飲みさしでしたから三口くらいでなくなっちゃったのです。

テーブルの真ん中にある大きなピッチャーに手を伸ばすと、ロドニーが先にそれを持ち上げました。

「間違えてしまったので、新しいのを注いであげてください」

「はい。お任せくださいねー。……大丈夫そう、ですね？」

ピッチャーから新しく注いだ蜂蜜酒をメロン奥様に渡したロドニーは、心配そうな顔をしています。なんで。

「蜂蜜でできてるのに蜂蜜みたいに甘くないです。花のにおいがして、えっと、知ってる花で、レンゲ！　そう！　レンゲです。レンゲの蜂蜜と同じにおいなのにレンゲの蜂蜜みたいに甘くなくて、あれ？　辛い？　これ辛い？　あっ辛い！」

ぽっぽと熱が喉から口の中にも広がってきました。

チリペッパーとは違うけどこれも多分辛い味！

「んー、これ確かにちょっときつめですね……。奥様、水をどうぞ」

ロドニーはピッチャーに鼻を近づけてから困り顔になりました。

差し出された水は旦那様がくれるのじゃないのであんまり冷たくありません。でもぽっぽとした口の中が少しすっきりしました。

「大丈夫ですよ。ロドニー。私お酒飲んだことありました」

「えー？」

水差しからもう一杯お水を注いでもらいます。

あとでロドニーの淹れたお茶も飲みたいので、今度は二口だけ飲みました。

魔王だったころに飲んだことがあるのを思い出したのです。

木の根元に近い洞《うろ》とか、木陰に転がっている岩のくぼみに落ちた果実でできた汁と似ています。あれがお酒だったのでしょう。

森の中には何か所かそれが溜まっているところがあって、散歩しながら時々飲んでいました。蜂蜜酒みたいな味だったり甘かったりといろいろでしたので、その日の気分で変えてたくらいにはよく飲んでたのです。

そしてその近くには小さな魔物もよく落ちていて、眠ったまま他の魔物に食べられてたりしてました。

眠っていて襲ってこないから私は通り過ぎるだけでしたけど、なんでおうちに帰らないんだろうって思った気がしないでもありません。

眠るまではなくともご機嫌な子たちもいましたし、今にして思えばあの子たちは酔っぱらっていたのだと思います。多分。

お酒はどのくらい酔ってしまうかわからないから、まだ飲まないようにって旦那様にも言われていましたが、私は酔ったことなかったです。

ちゃんと森のあちこちにある寝床まで帰ってから寝ていました。泉の近くも寝床のうちのひとつです。

私はちゃんとおうちで寝るので、食べられないから大丈夫。

いくつかのテーブルをはさんで向こう側の旦那様と目が合って、どうした？　と片眉を上げる合図が送られました。

それに旦那様がいれば、私が眠ってしまっても大丈夫。旦那様はおつよいですし。

「私はお花を摘んできます！」

失礼にならないように中座の断り文句を告げて立ち上がりました。

旦那様のおそばに行かなくてはなりません。

私はあの子たちと違ってそこらへんで転がったりしないので……あら？　あららら？

「アビー？」

「お、奥様？」

真っすぐ旦那様の方へ歩き出したはずなのに、何故だか遠のいていくではないですか。

とんと右肩に壁があたりました。

「旦那様！　右にしか行けません！」

どうして！

❸ おいしいものはおいしくたべるのがいいのです

アビゲイルを連れ去っていった奥方たちは、年代はばらばらだが軍の婦人会の中でも特に評判がいい者ばかりだったはずだ。

ロドニーは、と目で探すともうアビゲイルの背後についていた。これで食べ過ぎることもないだろう。

俺の視界に収まる席に腰を落ち着けていることだし、新たに酒を注がれたしで俺まで席をうつるわけにもいかない。

「……やっぱり納得いかないです」

酌み交わす杯もまださほど重ねていないというのに、こめかみまで赤くして抑えた声を震わせたのは、最近配属になった部下のノーマンだ。

彼は士官学校時代に剣の手ほどきを俺から受けたらしいが覚えはない。鍛錬中に聞かれれば答えるし、よくあることだ。わざわざそんなことを告げはしないが。

「やっと先輩の隊に配属されたのにっ」

「お、おう？」

詰め寄らんばかりのノーマンに引き気味になっていると、同期のヘイゼルがまあまあと肩を掴んで腰をかけなおさせた。

　アビゲイルはどうやら夫人たちに随分と好意的に接してもらえているようで、機嫌よくつま先を小さくぱたつかせている。

「色々あるんだよ色々。大体行き先はドリューウェットなんだし、本人が前のめりに受けたってんだから」

「そこまで態度に出してない」

　はずだ。多分。

　グラスが空けばすぐに蒸留酒が注ぎ足された。どいつもこいつも水のように飲みほしていくのが、こういった場での決まり事みたいなものだ。

　ノーマンはあまり酒に強くないのかもしれない。ごにょごにょと口の中で文句らしきものを言い続けている。酒の席のたわごとくらい聞き流してやるが。

「そもそも政略結婚だっていうじゃないですか！　だったらもっと先輩にふさわしい縁だって」

「あ?」ひぇっ」

　張り上げかけた声を引っ込めて縮こまったノーマンの肩を、ヘイゼルはばしばしと強く叩く。酒が弱いなら弱いなりに飲み方を覚えるべきだろうに。

　なんだか得意げな声に目を向けると、アビゲイルは両方の人差し指で自分の眉を寄せながら一生懸命噂っていた。何やってんだ。

　眉を寄せたまま頷きをこっちに送ってくるがさすがによくわからんな?

「もうやめろって。お前さっきのジェラルドの顔を見なかったのか。婚姻のお披露目の時だって奥さんが可愛くて可愛くてゆるみきってただろー」

向こうのテーブルから視線を戻すたびに、ヘイゼルはにやにやした笑顔を向けてくる。うるさい。顔がうるさい。

「仕方ないだろ。可愛いのは事実だ」

「うーわ」

もう開き直ったほうが逆に照れないのを学んだからな！　言い切ってしまえばこっちのものだ。ノーマンは何か言いたげながらも「先輩が……」とだけつぶやいて残りを飲み込んだ。わかればいい。

「――あっ」

焦り声に振り向くと、珍しく慌てているロドニーにアビゲイルが何かを真剣に説明している。どうしたのかとちょうど合った目で問えば、きりりと力強く立ち上がって叫んだ。

「私はお花を摘んできます！」

……中座の断り文句を他にも教えた方がいいなって、え――体はこっちを向いているのに何故部屋の端に向かって斜めに歩いていく⁉

「旦那様！　右にしか行けません！」

壁際で動けなくなっているらしき困惑顔のアビゲイルを抱き上げて、俺の席の横に座らせた。

蜂蜜酒を誤って飲んでしまったという。

「君は顔に出ないんだな……」

「前に飲んだときより辛かったです」

「前？」

果実水を飲む神妙な顔に問えば視線が泳いだ。

あー、あれか。魔王の時か。ここじゃ言えないもんな。偉いぞ。

「やっぱり酒は合わないいんだろう。顔に出ない分、余計に危ないから今後も飲まないように」

「はい。危ないからお酒を飲んだらおうちで寝ないといけません」

「んん？　ま、まあそうだな？」

「だから旦那様のところに来ました」

「――っ、うん。偉いなー！」

胸を張って小さく鼻を鳴らす姿はやはり酔っているように見えない。が、普段はもう少し脈絡のある受け答えをするのだから酔っているには違いない。いきなり右にしか行けなくなるとか、なかなかない酔い方だ。

もう帰ってもいいだろうかと立ち上がりかけたところを、ヘイゼルに押し戻された。

「夫人、頭痛とか吐き気はありませんか？」

「ないです」

「滅多にない機会ですし、是非もう少しお付き合いしていただければ部下たちも喜ぶのですが」

「……はい！　私も楽しいです！」

「な？　ジェラルド、夫人もこう言ってくださってるし」

いやさすがに俺も一応主賓の自覚はあるから、あまり早くに帰るのもよろしくないとわかってるんだが。

このヘイゼルは立ち回りにそつがなくて、ロドニーがつけない場所ではよくフォローに回ってくれていた。気遣いに応えたくはある。

「アビゲイル、気持ちが悪くなりそうならすぐ言うんだぞ」

元気のいい返事とともに背すじを伸ばして見上げてくるあたり、妻のお仕事な使命感がまた湧いてるんだろう。

「オルタは確か新婚旅行で行かれたんでしたっけ」

「はい。くるくるでとてもいいところです」

「くる……？　い、いやー。侯爵夫妻にもとても気に入られていると噂になっていましたよ。披露目の時のドレスもマダムポーリーのものばかりだったと、うちの母が羨ましがっててねぇ。あ、実家はイルナダ子爵家で、僕は三男なんですけど、母がドリューウェット夫人と同級生でして」

ヘイゼルも軍では少数派の貴族出身で、披露目には家族で出席してくれていた。

確かイルナダ夫人は披露目の前にした小規模の食事会にも招待していたはずだ。アビゲイルも覚えているだろう。

よどみなく話しかけられて若干のけぞりつつ、そこから何を拾ったのかわずかに目を見開いて小さくつぶやいた。

「……そうでした。ポーリー。ダンゴ虫《ロリポリ》じゃなかった」

「こふっ」

そういえばいつの間にかマダムロリポリって呼んでたよなー！

あまりに似合っていて俺も違和感を覚えていなかった。

幸い、披露目以降に直接会うこともなかったから失礼は働いていないはずだ。

危なかった……。

◆◆◆

旦那様のおともだちはイルナダ夫人の息子でした。

義母上に食事会で紹介していただいたのを覚えています。おみやげにいろんなクッキーが入ったきらきらの缶をくださった優しい人！

イルナダ夫人もおしゃべりがお上手でしたが、ヘイゼルもずっとお話ししています。

でもアグネスほど早口ではありません。旦那様も楽しそうに相槌をうっていますし、魔法学校時代の出来事もわかりやすく教えてくれます。

旦那様はお勉強もできる優等生だったけど、授業が終われば立ち入り禁止の廃屋に忍び込んで冒険したりもしたのだとか。冒険！

ところで今日のレストランは貸し切りしているそうですが、広いホールにはテーブルを置いていない空間がありました。

それでもそこが狭いというように、がたがたと何人かがテーブルを少し端に寄せて空間を広げはじめます。

陽気に笑ったり叫んだり、まるでお祭りみたいです。

席に着いたままの人たちも、テーブルを叩いて拍子をとります。

ああ、と旦那様が耳打ちしてくれました。みなさんとっても大騒ぎなので。

「国中から集まって来ている奴らだからな。こういう酒の席では決まって各地の踊りや歌を披露しはじめるんだ」

それは本当にお祭りではないですか！

数人ががなり声で歌うのに合わせて、男性同士で肩を組んでくるくる回ったり、男女で両手を繋いだまままくるくる回ったり！

曲の区切りなのでしょうか。踊る人たちがだーんってポーズをとると、次の何人かが入れ替わってまた違う曲がはじまります。

それぞれご自分が育ったところの踊りや歌だそうです。

旦那様がする手拍子に合わせて私も手を叩いていたら、旦那様の手がはさまりました。いけません。旦那様の手が痛くなっちゃう。

「アビー。音は大きくなくていいから。手を痛めるから」

私の手のひらを大きな手で撫でてから包んでくれましたので、そのまま振って拍子をとることにしました。楽しい。

「順番ですかっ順番は決まってるのですか」

「いや？　なんとなくだな？」

また、だーんってなりました。

「ではっ」

「待て待て」

すっと立ち上がりましたら、旦那様に腰を掴まれてすっと座り直してしまいました。

「君、まだ酒が抜けてないからな。踊って酔いが回るといけない」

「まわりますか」

回ったらどうなるのでしょう。

旦那様は重々しく頷いたので、よくないのでしょう。きっと。

でも大丈夫じゃないかと思うのですが。眠くなっていませんし。

「それに右にしか行けないんだろう？」

「そうでした！」

それでは踊れないので仕方ありま――。

「閣下やりまーす！　はははははははっ」

隣のテーブルにいた人が立ち上がって笑いだしました。

閣下！　閣下と同じ声です！　閣下の鳴き真似！

「ではっ」

立ち上がると、またすとんと座らせられました。耳もとで旦那様がこしょこしょ囁きます。

「金剛鳥の鳴き真似は屋敷でだけって約束だろ――っと」

「おっ、まさか夫人も何か？」

ヘイゼルが旦那様の後ろから首に腕を回して引っ張ったので、腰を抱く手が離れました。

私は約束を覚えてますので！　もう一度立ち上がって！

「「「――!?」」」

ホール中の全員が、椅子を後ろに倒すほど勢いよく立って構えます。

こちらを見るいくつもの目は不思議そう……ああ！　やりますって言わなかったからですきっと！

「地鳴り鳥です！」

上手にできました！

地鳴り鳥の鳴き声を誰も知りませんでした。上手にできてたのに残念です。

「次に王都に来られるときも、また席を設けますので是非また夫人の鳴き真似を――ったぁ！ひっどいなぁ」

ヘイゼルは来年になっちゃいますかねって手を差し出しながら言い、旦那様はその手を叩いてから握り返します。

今日は王都を出発する日でいつもより早起きだったのですが、ヘイゼルや旦那様の部下が数人お見送りに来たのです。

「わかりました。次は赤岩熊にします」

「ごついのいけるんですね⁉」

赤岩熊ならきっとみなさんご存じだと思うので！

ヘイゼルは旦那様の肩に手を回して何か内緒話をはじめました。

お爺やメイド数人は大半の荷物と一緒に数日前からもう出発しているので、残りの荷物は荷馬車四台分です。後はタバサたちや料理長一家の乗る馬車が三台、それから私と旦那様で一台。いつもの行列よりちょっと長い。

裏庭からざわざわと葉擦れの音が聞こえます。

ロングハーストから一緒に来た桑の木の枝は、お爺と先に出発していますから、あれはここに残る野苺や蔦たちです。

あの子たちへの行ってきますは、さっきちゃんとしてきました。


「お、お、おくさま。ここの庭は！　ぼくがちゃんと面倒見ますから！　あとこれ！」

鼻の頭を真っ赤にしたお爺の孫が、黄色い花を一本握って突き出してきました。

「ヒマワリにそっくりです」

「ヒマワリです！　これは小さい種類で！　ほ、ほんとは父さんが育てたラナンキュラスを持ってきたかったんだけど、あれは今咲いていなくって」

「くれるんですか」

「どうぞ！　お帰りを！　お待ちしています！」

「ありがとうございます！」

黄色い花びらが重なり合って、みっちりとしたたくさんの小さな茶色い花を縁取っています。茶色のとこは花に見えないけど花です。ここは種になるところだと、お爺に習いました。

去年食べたヒマワリの種は美味しかった。

このヒマワリは小さいけれど、美味しい種になるでしょうか。

「……アビー、行くぞ」

受け取ったヒマワリはポケットに入らないので左手に持ったまま、ヘイゼルたちとお話を終えた旦那様に右手を預けて馬車に乗せてもらいました。

旦那様、ちょっとご機嫌悪い？

「……まだ種は食べられませんよ」

「奥様、お気になさらずー。主は少しばかり心が狭いだけですからー」

「うるさいなっ」

旦那様が馬車に乗り込むと、ロドニーが外から扉を閉めてくれます。

窓の外では孫が袖口で顔をこすっています。ヘイゼルたちはこちらに向かって手を振っているので、ヒマワリを振り返しました。

カタンと静かな振動で馬車が動き出して、お隣に座る旦那様は私の肩を抱いて支えてくれます。


ノエル邸は私たちがいつ帰ってもいいように何人かの使用人と孫が整え続けてくれるから、裏庭の木や葉っぱたちもきちんとお留守番できるはず。

去年初めてここに来たときはとても静かな庭だったことを思い出します。夜の暗さに沈むようにみんなおとなしくしていました。

今はとってもにぎやかにお見送りしてくれている。

孫や使用人たちを任せましたからね、がんばりなさいと命じれば、わかったーわかったーわかったーって返事があったので大丈夫でしょう。

私たちはこれからドリューウェットの城へ行って、それからオルタの新しいおうちに向かうのです。

だけどここも旦那様と私のおうちなことに変わりませんし、私は女主人なのですから！


王都を出発して六日目。

道中は何事もなく進みましたので、予定通り夕方には城に着くそうです。

途中には、あの牛と羊の町にも寄りました。今度こそイーサンへのお土産に牛をと思いましたが、そういえば今回イーサンはお留守番ではなく一緒に来てましたのでお土産いらなかったです。

「……主様。話には聞いていましたが、これ本当にあのピヨちゃんですか？」

城へ行く前にピヨちゃんの森に寄りました。

通り道ですし、ちゃんとピヨちゃんとゆっくりする時間を計算にいれて宿を出発したのです。

この間もそうしたように、旦那様はピヨちゃんにお肉を宿で用意していました。

呼ばなくても来るピヨちゃんが空から降り立ったとき、イーサンは「はぁ？」ってつぶやいていたのですけど、どうやらこれほど大きいとは思っていなかったからみたいです。

「ピヨちゃんですよ」

「奥様がそうおっしゃるなら……」

「俺が言ってもピヨちゃんだぞ」

ピヨちゃんが座った胸のあたりを背もたれにして座り込んだ旦那様は、干し肉をちぎっては頭上のピヨちゃんへ与えます。私はさっきもらいました。

「そしてそれがピヨちゃんの番《つがい》……これも随分と大きくないですか」

ピヨちゃんの首の後ろあたりに乗っているのはピヨちゃんの番です。

覗き込むようにしてピヨちゃんから干し肉を口移しで受け取る番は、金剛鳥のぬいぐるみより大きくなっていました。

春に会ったときは両手に乗るくらいだったはずですので、確かにイーサンが話を聞いたときより大きい。

「アビーに言わせると、番だから大きくなるように育ててるらしいぞ。俺もこんなに早く育つもんだとは思ってなかったが」

私も旦那様の胸を背もたれにして座っています。

ここにいればピヨちゃんにあげる干し肉が、時々私の口にも入りますので。

「それにしても、ピヨちゃんと同じ錆緑柱鶇《ラストベリルスラッシュ》なのでしょう？　主様が育てていたのは半年ほどでしたがここまで大きくなんて」

「ピヨちゃんはボスなので」

「君全部それですませてないか。というか、そのボスの仕組みがやっぱりよくわからないんだけどな」

まあそういうものなんだろうけどと、旦那様は横に置いてある皿からひと口サイズのサンドイッチを私の口にいれてくれました。

今回は途中の休憩でも料理長の美味しいおやつや料理が食べられます。これはたまごのサンドイッチ。もったりしたたまごペーストに刻んだピクルスの歯ごたえが楽しい料理長の特製です。料理長はいつも全部特製のをつくります。

ピッと番が鳴きましたけど、ピヨちゃんはそのくちばしをつつきました。

番はまだ若いからものを知らないので、ピヨちゃんが教えています。これは私のサンドイッチだから駄目なのです。

「にんげんのボスのほうが難しいです」

「にんげんのボス」

「ロングハーストの森のボスは竜で、この森のボスはピヨちゃんです。縄張りの中で一番つよいのがボス」

「うん」

「一番つよいからいろんなルールをボスが決めます」

「ほお。ピヨちゃんすごいなぁ」

片手を上に伸ばして旦那様はピヨちゃんの首元を撫でました。

「私のほうがつよいですけど！」

「お、おう」

その手を下ろして私のつむじを撫でてくれます。それでいいのです。

タバサがふふふっと笑って果実水のコップを差し出してくれたので、二口飲むとすっきりしました。

「で、ルールって？」

「ピヨちゃんが決めたのは、この森の端にある、あ、あの山です。あの山から下りる赤岩熊の半分はピヨちゃんのごはんってことです」

ちょうどここから右手側の森の向こうで、てっぺんを覗かせる山を指差しました。

「……残り半分は？」

「山を下りるのは他の赤岩熊と戦って負けた子です。よそのえさ場を探しに行きます。もともと弱くてあんまりかしこくないから人間を食べようとして食べられたりしますね」

「弱いといってもそれ魔物基準だろう……イーサン」

「ここ数年、赤岩熊の被害は減っていると聞いてますね」

「そうか。うんうん、ありがとうなピヨちゃん」

旦那様はさっきより強い手つきでピヨちゃんを撫でました。

ピヨちゃんはピュルってご機嫌です。

「だから残りはおすそわけだって。美味しいですから」

「そ、そっかー。確かに名物のうちのひとつではあるんだよな……」

ちょっと力が弱くなったように見えますけど、それでも撫で続けます。そろそろ順番ですから、その手を私の頭に乗せました。また番がピッと鳴きましたが、お前は駄目。

「ルールなので森の魔物は山から下りる赤岩熊を食べないし、ピヨちゃんを追い出した錆緑柱鶫たちは元の縄張りよりも水場が遠いとこに移りましたし、番は大きくなるってルールも決めました」

「そっかー。そうだよなーピヨちゃんに合わせ、いや、え？　ルールかそれ？」

「ボスが決めたことなのでルールです」

「すごいなボス……」

「ボスは縄張りの中でのことならなんでも決められますけど、その代わりボスもそのルールは守らないといけません。だから山から下りる赤岩熊しか食べないし、下りる熊が少ない年でも半分しか食べません」

「半分……まさかあの小鳥がそんなに賢くなるとは驚きですね」

「オレは主の引きの強さのほうに驚くよねー……」

イーサンが感心したようにピヨちゃんを見上げて、ロドニーは呆れたみたいな顔で旦那様を見つめます。引きとは。

「ピヨちゃんは前から賢かったぞ。な？」

「ピヨッ」

「ほんとそういうとこー」

ピヨちゃんが嘴の端を旦那様のつむじに落ち着きなく擦りつけはじめました。……。

「ピヨピヨピヨピヨピヨピヨピヨピヨピヨピヨ」

「な、なんだ？　どうしたピヨちゃん。わ、わ、わ」

　とんとんと旦那様の肩先にも頭突きをしてきたので、腕をいっぱいに伸ばして押し返します。でもアビゲイルの体はまだ力が弱くて、いっぱい押しても私のお尻の方が後ろにずれていってしまいました。

「むー！　駄目です！　旦那様の妻は私なので！」

「えっ、待て待て待て。なんて言ってるんだそれ」

「旦那様！　そろそろ義母上のところに行きましょう！」

「いやいやいや」

　旦那様の膝から立とうと足を前に伸ばしたら、そこにすとんってピヨちゃんの番が降りてきました。私の膝で首を傾げて見上げてきます。

「おすまししても駄目です！」

「本当に何を話してる!?」

　膝から番の子を下ろしたら、ピヨちゃんが嘴でつまんで戻してしまいます。駄目って言ってるのに。

　旦那様にはっ、わからないからっ、私が言わなければわからないので！

「アービー？」

　内緒にしてたらわからないのに、旦那様がきらきらの青い目で覗き込んできます。ピヨちゃんは後ろでずっとピヨピヨうるさい。

区別をつけるために名前をつけるのは人間だけ。

魔物は名前がなくても自分と違うものは違うってわかりますし、自分が呼ばれれば自分のことだってわかります。親だって子に名前をつけたりしません。

中には自分が他のみんなと一緒だから、区別そのものが必要ないのもいます。

「なるほど？　それなのに俺に番の名前をつけてもらいたいのか？」

「ピョ！」

ずっと頑張って断ってましたのに、ピヨちゃんが羽根の下から出した大きな実をくれたから、旦那様に教えるのだけはしてあげることにしました。

紅と緑の縞模様に光る実は、魔王の森でも時々しか生らない実です。

人間になってから初めて見ました。しかも私の顔くらい大きくてなかなかのものです。

ロドニーにお願いして皮を剥いてもらうことにしました。

魔王のときはひと口でしたけど、今はちょっと大きすぎるし皮も硬い。

「でも駄目です。旦那様の妻は私だから！」

「どうしてそうなるんだ」

「とってもとっても大事なものには名前をつけるのがいるんです。錆緑柱鶫も好きなものしか近くにおきませんけど、その中でも一番大切なのには名前をつけます」

「うん？　だったらピヨちゃんは自分でつけた方がいいんじゃないのか」

「ピヨちゃんは旦那様が自分に名前をつけてくれたから、番にもそうして欲しいんです」

「へぇ、いいのか？　ピ「でも！　旦那様が一番大切なのは私だから！」お、おう」

ピヨちゃんに名前をつけたのは私が旦那様の妻になる前だから仕方ありません。

でも今はもう駄目です。

「あー、もうー、ほんとに仲がよくていいですねーほんとにー！　奥様この実の皮、すっごい硬いですよ。皮っていうより殻なんですが」

「がんばってください。ぐって割ったらいいです。ぐって」

とっても美味しいから旦那様と食べたいですし、大きいからみんなで食べられます。

「もー。簡単に言うよねー」

「ナイフじゃなくて斧でいけばいいんじゃないか？」

「果物を斧でって！　美しくないでしょー！」

「えええ……？　というかそんなに硬いのか？　貸してみろ」

ロドニーから実を受け取った旦那様は、重さを確認するように手の上でぽんぽんと遊ばせます。

「結構重みがあるな……アビー、これ中身も硬いのか？　殻の厚さは？」

「柔らかいです！　じゅわーって汁がいっぱいで！　殻は、厚さ？　殻？　皮？　の厚さ……りんごくらい？」

「薄っ！　ふむ、だったら――〝切り裂け〟」

ぽーんと真上に高く放り投げた実が、風魔法でふたつに切り分けられました。ロドニーが慣れた仕草でそれを受け止めます。

「わあ！　さすが旦那様！」

「おう。任せろ」

「うわー、本当に果汁がしたたって……え、めちゃくちゃいい匂いですねこれー――!?」

ロドニーが手についた汁をぺろりと舐めてそのまま固まりました。

そうでしょうそうでしょう。

それはとっても美味しくて、魔王の頃から好きです。

「父さん！　父さん！　ちょっと！」

「なんですか仕事中でしょう」

大きなお皿にそっと実を載せたロドニーは、そのお皿を両手で持つとイーサンを連れて携帯用のティーテーブルの方へ行ってしまいました。

「……どうしたん「ピヨッ」ああ、そうだった。名前な。うーん。つけてやりたいが、アビトが嫌ならなぁ」

ピヨちゃんが頭を地面につけてうるうるとした目で旦那様を見上げるのですが、駄目だと言ったら駄目なので――あら。

「私でもいいんですか」

「……君が名前をつけるってことか?」

「はい。それならいいです。どんなのにしましょうか」

りんごとか?　でもこの子白いですし。

「待て。なんでか知らんが俺が面白くない」

「オレは時々主がわからなくなりますね。なんですかそれ……」

この実は殻が一度割れてしまえば、ぱこんと果肉が外れます。

ロドニーはひと口サイズに切り分けたものを、底の浅いお皿に並べて持ってきてくれました。

まだ切り分けていない分を入れたボウルは、後ろに立つイーサンが両手で持っています。

添えられたフルーツフォークでひと切れ刺して、旦那様の口元に差し出しました。

「――っ」

やっぱり旦那様もお好きみたいです。さっきのロドニーみたいに固まりました。

「な、なんだこれ。果物、いや果物ではあるけど」

私も一切れ口に運びます。これですこれ。

フォークに刺して持ち上げられるのに、口の中ではとろりととろけて料理長の生クリームみたいにふわっと甘い。それから広がる蜜の香りは採りたての林檎のような爽やかさがあって、喉を通るときにはほかほかと温かくなるのです。

お酒みたいにぽっぽする感じじゃなくて、ちょうどいい熱さのホットミルクくらいの。

「ちょっと言葉が出なくなりますよねーこれー。で、奥様。聞くのが怖いんですけど、この実の名前ってご存じです？」

「珊瑚楓《コーラルメイプル》です！」

「こふっ」

「やっぱりー‼　なんかすっごい幻とか言われてるやつじゃないですかー！　貴重素材じゃないですかー！　ひと口分で王都の真ん中に豪邸建つやつー！」

4 おじいはなんでもつくれます

珊瑚楓は若返りの秘薬の材料になると言われている実在も疑われてるような代物だ。あったんだな……。

他の誰かの言葉なら一笑して終わる話だが、アビゲイルが言うなら珊瑚楓であること自体は疑いようもない。効能は人の世界での言い伝えだから、少々誇張が入っているかもしれないとしてもだ。

タバサは笑顔のまま硬直してるし、ロドニーは崩れ落ちるし、イーサンは何故かボウルを高々と捧げ持って震えはじめた。

「それ、殻を剥いたら早く食べないと空気になって消えちゃいますよ。んー？　一時間とか三十分くらいとか？　そのくらい！　だからみんなで食べるといいです！」

「総員集合！　全員だ！　すぐこっち来い！　噛まないから！　ピヨちゃん噛まないから！」

「ほらほらほら！　みんなしゅーごー！　警戒いいから！　ピヨちゃんがいるのに警戒も何もないから！」

全員が遠巻きにこちらの様子を窺っていたから叫ばなくてもすぐ集まるのだけれど、そうせずにいられるものでもない。

イーサンはついぞ見せることのない緊張感を漲らせつつ、見事なナイフ捌きで珊瑚楓を切り分けて全員に行き渡らせた。よく見えなかったが、あれ天恵《ギフト》も使ってたな。

それが何なのかの説明抜きで食べさせると、その味わいに料理長などは感極まった顔つきでロドニーに詰め寄った。あいつはすっと視線を俺に送って意味ありげに目を伏せる。丸投げか。まあそうだな。それはそうだ。

「……残すなよ。先に食え——あ」

「えっ、主様⁉　消えましたよ？　え？　今もう一切れありましたよね⁉」

料理長の皿に残る一切れは、すうっと砂糖が水に溶けるように輪郭がほどけて消えた。他の者たちは食べきったようで、料理長の皿を凝視している。

うん、本当に消えたなー。えー。まだ十五分も経ってないだろ。でもアビゲイルだからな。誤差の範囲か。

「みんな食べられてよかったです！　これは美味しいものなので！」

このオルタ行きについてきた者たちは皆、アビゲイルのことをはっきりと教えなくてもうっすらと察してはいる。何やらよくわからないがすごい天恵の持ち主だとか、そのくらいの理解ではあるが。

屋敷内では自由にさせていたから当然と言えば当然のことだ。

それでも深く追求することもなく受け入れているのは、コフィ家の人選と指導の賜物だろう。

アビゲイルが来てからというもの新たな雇用には一層の力を入れていた。

まあだからなかなか増えないし侍女も見つからないんだが。あとアビゲイル自身が可愛いし。

アビゲイルの言葉に悟ったのか、料理長の持つ皿とフォークがかちかち打ち鳴らされる。

「おおおおお奥様？　これは」

「珊瑚楓です！」

ふっと棒立ちのまま横に倒れかかった料理長をイーサンが肩で受け止めた。

ひと口食べられただけでよしと思えればいいが、目の前で消えたのだから衝撃はいかばかりか。


ロドニーの提案で、ピヨちゃんの番の名づけは俺とアビゲイルがした。ピッピとチョコを合わせてピチコだ。

気に入ったらしいピヨちゃんは、ひとしきりそこらをどたばた回った後で帰っていった。

鳥がよく行う求愛ダンスらしいけれど、ピヨちゃんはあまり上手でないように思うし、アビゲイルですら困惑の顔をしていた。でもまあ、気に入ったのなら何よりだ。


「よく来たわね。変わりない？」

「義母上！　お招きありがとうございます！　変わりません！」

城に着いて用意された部屋で、腰を下ろす間もなく現れた母と頬を合わせて挨拶をしたアビゲイルに、父もお帰りと声をかける。

確かに先触れは出していたが、登場が早いだろう。二人とも。普通、高位貴族は家族であってもこういう時はもったいつけるもんだが、待ちきれなかったのか。

母はいそいそとアビゲイルをソファに座らせ、その隣を陣取った。仕方なく俺ははす向かい、父は正面に腰を下ろす。

「ジェラルドもお帰りなさ——あらやだ。あなたなんでそんな肌艶いいの。あら？　タバサあなたまで、え？　イーサン？」

我が母ながら目ざといなあ！

いや落ち着いたら報告するつもりではあったんだ。どうせ連れて来た連中全員が異常に血色いいし、イーサンなどは髪が増量してるかのように見える。何かが起きたのはひと目で明らかだ。

現に父の目は、俺の脇に立つイーサンの頭頂部から離れていない。

それにしても見すぎじゃないか。まさか父も気にしてたのか……？　別に気にするほどでも。

「ジェラルド。私は気にしていない。見るな」

「あ、はい」

「もしかして！　義母上と義父上も珊瑚楓がお好きでしたか⁉」

大変だとばかりに立ち上がったアビゲイルをまた座らせた。

俺たちのやり取りをやけにじっと見ていると思ったんだ。お好きも何も見たことすらないんだけどな。

「……お城に着いてから殻を剥けばよかったです。失敗です」

珍しくはっきりと眉尻を下げたアビゲイルの肩を、母の手が柔らかく撫でる。

「詳しく聞きたくない気もするけれど。アビゲイル、気持ちだけで十分嬉しいわよ。ジェラルド？　珊瑚楓とは聞き間違い？」

その手つきとは真逆の鋭さで母は俺をじとりと見据えた。ちゃんと報告するからやめてほしい。

「義母上！　少しお待ちいただければ！　多分見つかると思うので！」

「アビー。行かなくていいから座りなさい。母上、今話すつもりでした……その、目で圧をかけるのやめてください」

多分見つかるってなんだ。行かせるわけないだろ！

ピヨちゃんの森は、奥地に行かなければ比較的危険の少ない地域ではある。辺縁では領民が野草やきのこを採っていたりもするくらいだ。俺も子どもの頃にピヨちゃんをその辺りで拾ったわけだし。

そんな場所で希少な素材が見つかったことに、二人とも驚いていた。

大体がそういった希少素材は、脅威度の高い魔物がうようよしているところにあるからこそ希少なのだ。まさか自分の管理する身近な地域で採取できると思わないだろう。ましてやドリューウェットは今でこそ豊かだが不作に苦しんだ時代もある。領主としては見過ごせない資源だ。普通なら。

「まあでも、特定地域で必ず見つかるようなものでもないんだろう？　ピヨちゃんがどこから持ってきたかもわからんようだし」

「あれはボスが欲しいなぁって思ったとき、どこかにぽこっとできるのです。ピヨちゃんは番を育ててたから欲しくなったのかも？」

「ぽこっと……なるほど？　つまりピヨちゃん次第……ジェラルド。何を笑う」

「いえっ、ちょっと、父上がピヨちゃんと呼ぶのが……」

「ピヨちゃんはピヨちゃんだろう。お前がよく呼んでたじゃないか」

「──っふ」

「カトリーナ……君まで……」

肩を震わせる母に情けない顔を一瞬だけ見せた父は、咳払いをひとつして居住まいを正した。

「とにかく、不確定事項が多すぎることに手を出すつもりもない。今で十分安定しているからな……その、お前のところの者たちが、やたらとつやつやしてる理由は適当に考えておくように」

「──はい。ありがとうございます」

そうなるだろうと思ってはいた。

けれどこれがロングハーストとの違いだと実際にはっきりと示されたようで、誇らしさが胸に湧きあがる。

俺の両親はよくも悪くも貴族らしい人間だなどと、尊敬の念はあれど距離を強く感じていた頃が嘘のようだ。

「つやつやなのは今日だけですよ？」

「あ、そうなのか」

「――っ」

イーサンがいるあたりの空気が強張ったのを感じたけれど、これは気づかないふりをしてやったほうがいいんだろうな。今日だけだったか……。

「まあ、だったらちょっと道中でいい肉でも食ってきたとかなんとかで『魔力量を増やすだけなので、つやつやとかふかふかはついでです』んんんっ!?」

だよなー。ボスが欲しがるくらいだもんなー！　魔力の回復ではなく魔力量そのものが増えるってことか。そんな効能がある食物など聞いたこともない。ピヨちゃんたちはもともとふかふかですしじゃないんだよなー！

「ジェラルド……それなりの理由を、ちゃんと、しっかりと、考えておくように。頼むぞお前」

「イーサン。あなたもお願いね」

「「はい……」」

◆◆◆

あまりに久しぶりの珊瑚楓でしたし、早く旦那様と食べたくて失敗してしまいました。義母上も食べてみたそうだったのに。

隣に座る義母上を見上げると、ノックにお返事をしてカートを押すメイドを招きいれたところでした。

「ほら、おやつが来ましたよ。食べるでしょう?」

義母上はにっこりとそう言って、真っ黒でまん丸なおやつをつまみ上げると私の口元に持ってきてくださいます。食べます。チョコ! 濃いミルクの味と一緒にとろりふわっと広がりました。表面にみっしりまぶしてあるのは粒々のチョコで、だけど義母上の指はきれいなままです。そこだけカリっとして、でも中身は柔らかくねっとりとしていて! とっても甘くて美味しい!

「ブリガデイロですって。他国で修行してきた菓子職人を新しく雇ったのよ。美味しいけれど食べ過ぎると肌が荒れますからね。ひとつだけ」

ひとつだけ。

じっくり食べなくてはいけないので頷きました。とろとろでずっと口の中にいてくれそうだから大丈夫です。

旦那様と義父上にコーヒーを給仕し終わったメイドが、もう少ししたらスチュアート様とステラ様がいらっしゃると告げました。サミュエル様もです。

「あら。だったらあの子たちの棟から近い部屋で迎えたらよかったわね。ああ、アビゲイル。この部屋は気に入った?」

ここが以前使わせてもらった客室じゃないのは入ったときに気がつきました。入ったことのないお部屋。城にいくつもあるという応接室のうちのひとつだと思っていたのですが。

もう一度見回してみます。

客室も広かったですけれど、あそこより二回りほど広くて調度品もたくさん。このテーブルも大きいし、ソファも多い。

前は桃色と茶色の間くらいの色が基調になっていましたが、ここはクリーム色と緑色です。いくつもの緑の色調は重なり合う森の葉のようでした。

「母上、まだちゃんと見ていませんよ。着いてすぐに母上たちがいらしたんですから」

旦那様は呆れたような声で言いましたが、ここはとてもいいお部屋だと思います。

チョコを飲み込んでから好きだと義母上に伝えたら、ますますにこにこになりました。

「今まで好みがわからなくて客室でしたからね。これはあなたが好きな色でしょう。ああ、青以外にね」

青色が一番好きです。旦那様の色ですし、きれいなので。

でもこの緑もゆったりとする感じがして気持ちの良くなる色だから、きっとこれは二番目に好きな色です。知らなかった。

「義母上すごいです」

「ふふふふふっ、よかったわ。さ、お茶もどうぞ」

「はい！」

このお部屋は私と旦那様のお部屋だそうです。

ここは応接室で両隣は寝室と私室、浴室や衣装部屋も寝室から繋がっているというので、後で旦那様と一緒に回ってみることにしました。

王都よりオルタは近いから、もっと遊びに来なさいって。来ます。

お茶を半分ほど飲み終えた頃、ステラ様たちがいらっしゃいまし――おなかおっきい！　え。おなかおっきい！

「……アビー？」

「あっ、お久しぶりにお目にかかります！　アビゲイルです！」

「ぷふっ、ええ、アビゲイル様、ごきげんよう。お会いしたかったわ」

本当は旦那様がご挨拶したら次は私なのがお行儀ですのに、うっかり忘れてしまうほどびっくりしました。おなかおっきい！

義父上は三人掛けのソファをステラ様たちに譲って、旦那様と同じ一人がけの椅子に移りました。

ステラ様はスチュアート様にエスコートされてゆっくりと腰を下ろします。おなかおっきいから……。

「……アビー、なんでそんな後ろに行くんだ」

思わず腰かけていたソファの後ろに回ってしまいました。

だっておっきいおなかの中には赤子がいるのです。踏んではいけないし、赤子は思ったより大きいかもしれません。どうしよう。

「タバサ、私が編んだ靴下はもう小さいのでは」

「大丈夫ですよ。そんなにぎっちり詰まってません」

ソファの背を握る私の手をとんとんしながらタバサが教えてくれました。

あのおなかには赤子だけではないから見た目より大きくないって。それはそうです。そういえば内臓もあります。

「アビゲイル、さ、様は、そう、妊婦を見たことなかった、のね」

「ぎ、ぎっちり……」

もちろん身ごもった魔物は見たことがあります。

でも魔物は毛がいっぱいあったりしますから目立たなかっただけなのかもしれません。人間は初めてでしたから頷きました。

ステラ様と義母上は扇で顔を隠してちょっと斜めに傾いてましたけど、義父上は頷き返してくれます。旦那様も。スチュアート様は俯いて、あら？　サミュエル様がいません。一緒に来ると言ってなかったでしょうか。

ちっちゃい子の魔力はほわほわしてるし弱いから探しにくい。

「あらっ。靴下って、もしかしてアビゲイルが編んだの？」

扇を下ろした義母上の目はまん丸でした。

「はい。タバサに習いました！」

「まあ！　見せていただける？」

嬉しそうなステラ様に応えて、タバサが部屋の隅に置いてある蓋つきバスケットに向かいます。

すぐお渡しできるように、運び込んだ荷物の中から出しておいてもらったのですけど。

「サミュエル様はいらしてないのですか」

「ああ――ほら、サミュエル。ご挨拶しなきゃだろう？」

こほんと喉を整えたスチュアート様が体を捻って斜め後ろに声をかけましたら、ぴょこんとソファの背もたれの向こうから頭が出てきました。いました！

「あ！　サミュエル様！　いつもお手紙ありがとうございます！」

「……あびーちゃん」

ちっちゃな声で私を呼んで、きゃってまたソファに隠れてしまいました。

サミュエル様は私のことを怖くないって前におっしゃってくださいましたのに。

やっぱり怖くなっちゃったんでしょうか。

「うふふ。あびーちゃん！」

またぴょこんと目から上だけ出して、すぐ隠れてしまいます。

……かくれんぼ？

前にかくれんぼしたときはサミュエル様は私を見つけられなくて泣いちゃったんですけど、今は何度も顔を出しては引っ込めて笑ってるようです。怖くないみたいでよかった。

「こら。サミュエル。ちゃんとご挨拶しなさい。すまないね、アビゲイル。最近人見知りというか恥ずかしがっちゃって」

きゃーって両手で顔を隠すサミュエル様の襟元を掴んだスチュアート様は困り顔です。

人間も子どもの首元掴むんですね。森にいる子たちもそうやってちっちゃいのを運ぶのがいました。

タバサが渡してくれたバスケットの中から帽子を取り出します。

「サミュエル様。これ私が編みました！　亀になれますよ！」

「かめ？」

くねくねしてたサミュエル様が、ぱっと立ち上がって顔を全部見せてくれました。

バスケットには赤子の靴下や手袋がいくつも入っていますけど、一番上にはサミュエル様の亀帽子を入れておいたのです。

一番最後に編み終わりましたし、一番先に出さなくてはいけなかったので。

「サミュエル様には赤子より先にあげます」

順番は大事です。

帽子を広げて見せると首を傾げながら近寄ってきてくれました。

幅が広くなっている真ん中を頭に載せて、両端に行くほど細くなって紐になったところを顎の下で結ぶ帽子です。

サミュエル様は私が座っていたソファによちよちとよじ登り、義母上の隣で立ち膝になります。そうしましたら、ちょうど私と背もたれ越しで向かい合わせになりました。

元は赤子用の帽子ですが、結ぶ両端も長く編んであるから大丈夫ですよってタバサが言ったとおり、サミュエル様の頭に載せてみるとちょうどいいようです。顔の横に垂れた紐を跪いたタバサが結んであげました。ぴったり！

　穴が大きめのレースは亀の甲羅模様みたいですし、立ち上がるように編んだ角の中には綿もいれてあります。角はみっつしか飛び出ませんでしたけど、なかなか立派な角ではないですか。

「ほら！　前に一緒に乗った亀と同じです！」

「かめ！」

「なんだそれ可愛いな⁉」

「ごふっ」

　旦那様が叫んで義父上が咳込みました。

　サミュエル様も頭の上に手を伸ばして掴んだ角をにぎにぎしたらわかってくれたみたいです。

「サミュのかめとおなじ！」

「はい！」

　前にお会いしたときはご自分のことをぼくって言ってたと思うのですけど、サミュに変わったみたいです。

「サミュ、かめー！」

「はい！」

　サミュエル様はソファによじ登ったときと同じようによちよちと降りて、私の足元で両手と膝を床につきました。え。踏んじゃう。

「あびーちゃん！　のっていいですよ！」

「えっ」

踏んじゃうのと同じではないですか！　なんで！

それは駄目だろってサミュエル様はスチュアート様に、私は旦那様に抱き上げられてソファにまた座らせてもらいました。

一緒に亀に乗ろうとか、かくれんぼしようとか、サミュエル様が誘ってくださいますが、まだ城に着いたばかりだから駄目ってステラ様たちに言い聞かせられています。私は駄目じゃないですけど駄目なんでしょうか。

サミュエル様の目にはみるみるうちに涙が溜まっていきます。

「あびーちゃん……だめですか」

「いいですよ」

ぱあっと笑ったサミュエル様に手を繋がれて部屋を出たのですが、踏んじゃいそうで私もよちよちしてしまいました。


サミュエル様は手も指もちっちゃいので私の指を三本だけ掴みます。

「サミュエル。紳士は走らないでゆっくりエスコートするんだぞ」

「あ！　はい！　おじうえ！」

後ろからついてくる旦那様がそう教えると、サミュエル様はぴんと背すじを伸ばして歩く速度を緩めました。

わあ。前よりよちよちしてない気がします。

ゆっくりだとよちよちにならない！

「あびー、ちゃん！　ブランコに！　のり、ましょう！」

よちよちではありませんが、一歩歩くごとにサミュエル様は言葉がとまります。歩くのと話すのを一緒にするの難しいですよね。


亀に乗るのだと思ったのですが変わったみたいです。

亀のはく製はサミュエル様のお部屋にあるのですけど、進む先は中庭の方角でした。確か池があったところ。食べられない魚はまだ泳いでいるでしょうか。

「すまないね。最近聞き分けのないことが多いんだ」

「元気なのでいいんじゃないですか。アビゲイルもサミュエルと遊ぶのは楽しいようなので」

後ろからは旦那様とスチュアート様がお話ししている声が聞こえてきます。楽しいです。ところでブランコとはなんでしょう。

義父上はお仕事に戻り、義母上はステラ様と部屋で靴下や帽子を見るそうです。たくさんありますからね。

「あびーちゃん！　ほら！　ブランコ！」

中庭まで来ると、サミュエル様は手を離して駆けだしました。やっぱりよちよち！　でも速い！

駆け寄ったのは大きなカエデの木です。サミュエル様の手に似た形の葉はまだ赤くなくて、ひらひらわさわさと風に揺れています。

旦那様よりも高いところから横に伸びた太い枝には、二股に分かれた二本のロープが吊り下がっていて、それは脚のない椅子を地面の近いところで支えています。

背もたれと座面が丸く繋がっている椅子にサミュエル様が飛びつきました。

「あびーちゃん！　みてて！」

片足を上げるけれどなかなか座れません。上げた足が空振りしてます。スチュアート様が座らせてあげました。

軽く背もたれを押されて、きゃーってなるサミュエル様は椅子ごとゆらゆらして！

「わあ！　すごいです！　楽しいですかサミュエル様！」

「たのしー！　あびーちゃんものっていいです！」

「いいのですか！」

スチュアート様の手を借りて、またよちよちと降りたサミュエル様がどうぞってしてくれました。

腰かけてみると、椅子はやっぱり低いですが足の先をぴっと伸ばしたら旦那様が後ろから押してくれました。

「ぉぉぉ……っ」

ゆっくりと、ふわーっと！


「旦那様！　もっとです！　もっと！」

「えっ、いや、わ、ちょっと待て」


地面が真下に見えると、ふわってなって！

ふわってなったら掴んだロープをひっぱって！

そしたらぐんって地面に近づくのが早くなって！

びゅうびゅうと風が頬と耳をこすっていって！　楽しい！

それからぎゅうんって空に向かって飛び出すみたいに！


「旦那様！　もっとです！」

「あびーちゃんすごーい！」

「わー！　ちょっと待て！　こら！　勢いつけすぎだ！　あぶない！　あぶないから！　うわあああああ！」


あともうちょっとで旦那様より高いとこまでいけたのに、風魔法で止められてしまいました。

でも、ぽーんとブランコから飛び出た私を旦那様が受け止めてくださったので、それもとっても楽しかった。

「おとうさま！　サミュも！　サミュもぽーんって！」

「やー、お父さまには無理かなー」

「えー！　おじうえ！　おじうえ！」

「いいか。サミュエル。あれはブランコの遊び方じゃない」

「ブランコです」

人間は楽しい遊びをなんていっぱい考えるのでしょう。

おねだりするサミュエル様をスチュアート様は肩に担ぎました。サミュエル様はご機嫌に笑います。

ステラ様が調子のいいときは座ってサミュエル様を見ているというベンチに、旦那様と並んで腰かけました。ブランコは休憩です。次はサミュエル様の番ですし。

「旦那様」

「うん？」

「お爺はお願いしたらオルタの庭にブランコをつくってくれるでしょうか」

「気に入っちゃったかー」

スチュアート様の肩から首へとサミュエル様はよじ登ったりぶら下がったりしています。あれも楽しそう。

「だってあのブランコはサミュエル様のですから、一番に遊ぶのはサミュエル様なのです。順番は大事ですから」

「君、順番こだわるよな」

「とられちゃうって思ったら喧嘩になります。だから新入りが後なのは群れのルールです」

人間は違うのでしょうか。

「上等の獲物もボスから先に食べますし、寝床にちょうどいい場所もボスが先に取ります。その代わりボスは弱い子におすそ分けしてあげます」

「なるほど」

「私は森でもロングハーストでも群れにいたわけではないので、そういうことはしてませんでしたけど」

「……うん」

どの魔物の群れも大体そうしているのは見てました。

「順番は仲良しの秘訣だと思ってましたけど、違いましたか」

「いいや。実際サミュエルと君は仲良しだしな」

「はい！」

屋敷ではお爺がソリをつくってくれたりとかしますけれど、お爺はお爺だから一緒に遊べません。

お爺の孫は「奥様がどうぞ」ってソリにも乗らなかったですし。

魔物の子どもは兄弟や仲間としか遊びませんし、ロングハーストではお仕事がありましたから遊ぶことはなかったです。

「サミュエル様は鬼ごっこもかくれんぼも教えてくれましたし！」

魔王の頃は、魔物の子どもたちがころころ絡まって遊んでるのを真似して転がってみたりしましたけど、ちょっとしか面白くなかったのですぐ飽きたのです。

でもサミュエル様と芝生で並んで寝そべって横にころころするのは楽しかった。絡まってころころするのは潰しちゃうかもしれないからできませんけど。

「一緒に遊ぶのは楽しいです。サミュエル様がオルタにきてくださったときはブランコがあればまた遊べますし」

「あー……。じゃあもっと、こう、うん。俺とボブ爺で、サミュエルと二人で一緒に乗れるような安全なのを考えよう」

「ありがとうございます！」

やりました！　きっとお爺もすごいのをつくってくれます！

「順番かぁ……そうだね。大切かもしれない」

サミュエル様を肩車したままのスチュアート様が、私たちの隣に立ちました。

「私もジェラルドが生まれたときは嬉しくて可愛くて、でもほんのたまにだけ寂しく思うことがあった気がする」

スチュアート様は旦那様より背が低いですけれど、サミュエル様を足したら旦那様より高いかもしれません。ひっくり返りそうなほどにのけぞって笑うサミュエル様の足首をしっかりつかんでいます。

「……そうだったんですか？　兄上は俺が物心ついたときにはもうすっかり、そうですね、小さな大人って感じでしたが」

「あはははっ、そりゃあねぇ。お前から見たらそうかもしれないけど、私も子どもだったわけだし」

「あびーちゃん！　どうぞ！　あれ!?」

スチュアート様の頭にしがみついて伸ばしたサミュエル様のちっちゃな手は、真っ赤になっていました。

べちゃべちゃなそれは、あ、これグミです。

さくらんぼみたいな細い茎がみっつに分かれた先には、無事な実がひとつだけ残っていました。

「嫡男として周囲の期待は厚かったけれど、今にして思えば父上たちは忙しい時期だっただろう？　父上たちと過ごすわずかな時間をジェラルドにとられる気がしたんだと思うよ。実際はお前のほうが私よりずっと手のかからない子どもだったのにね」

「そう、ですかね」

「あびーちゃん……つぶれちゃいました」

「くれるんですか」

細い指にひっかかるようにぶらさがるグミをもらいました。酸っぱくて甘い。

「あびーちゃんと同じ色なのに、あっ」

「そうだよ。忘れてしまうものだねぇ……えっ」

「あびーちゃんがたべた！」

「ありがとうございました！　美味しいです！」

「おいしいの⁉　おとうさま！　サミュも！」

「えっ、いや、食べたの？　大丈夫？」

スチュアート様がなぜか慌ててますけど、グミは食べ物ですのに。

「あれ。兄上知らないですか。あの木のグミはなかなか」

「お前もかい⁉」

旦那様もお小さい頃にロドニーと一緒に食べたグミだったそうです。さすが旦那様。よくお分かりです。

閑話

じゅんびうんどうはだいじだってかっかもいってました

ノエル家護衛隊の訓練は、早朝に行われる。

というか、どこでも大体そうだとは思う。

見回りや夜番、夫人の随行などの持ち回り以外の時間に各々で鍛錬はしているが、連携など相手がいなくてはできない訓練をする時間だ。

この古巣であるドリューウェット城に滞在している今朝も、主であるジェラルド様とその執事のロドニーさんを筆頭に総勢十二人が借りた訓練場で並んだ――そのとき静かな緊張が走る。

(来た！　来ましたよ！)

(いらしただろ！　いつもながら前触れないな！)

(総員、腹に力を入れろ！)

はずむ足取りで姿を見せた奥様は、背すじを伸ばしてどこか誇らしげだ。

普段はおろしている艶やかな赤髪は、後頭部の高いところでまとめられている。

なんかえらく長い木の枝も引きずっていた。あれどっから持ってきたんだろう……。城の庭はいつでもきっちり整えられているのに。

「旦那様！　私も訓練をします！」

「お、おう。今日は早いな……それ、どうしたんだ」

木の枝をそっと地に置いてから、ぴしっと両手を真横に伸ばした奥様は、よく見えるようにかそのまま右に左にと、きびきび向きを変えた。

「昨日！　タバサが見せてくれたのです！　旦那様がお小さいときに着てたって！　動きやすいです！」

「あー。何か見覚えがあると……もしかしてゆうべ早寝したのはこのためか？」

「とても動きやすいので！」

僕ら平民が子どもの頃に着てた服など、親せきや近所の子どものおさがりがめぐりめぐってくるようなものだ。

主様が幼い頃といえば十年は前であろうに、ぱりっと真っ白なシャツはさすがに貴族令息が誂えた仕立てだと思わせた。

肩口は少し下がっているし、袖も余ったところをたくし上げてリボンで可愛らしく止めているのは、そばに控えている家政婦長の仕事だろう。ふくらはぎまで届く半ズボンはサスペンダーで吊られている。

……体の線が妙な感じに強調されていて少し目の毒だと慌てて視線を前に戻すと、主様は両手で顔を覆って空を仰いだまま固まっていた。

（男の夢だよな……）

どこからか誰かのつぶやき。わかる。

奥様は屋敷でも時々訓練場の端で僕たちを真似ていた。いるところこそ端っこだけれど、目に留まらないわけがない。けれど主様直々に「あれは隠れて参加しているつもりだから、お前たちはこっちに集中するように」と言われれば、それはそのようにするしかない。たとえ崩れ落ちそうになってもだ。

大抵は訓練が始まってしばらくたった頃に現れては、組手や素振りらしき動きで一人元気よく跳ねまわったかと思えばすぐに座り込んでしまう。そこに家政婦長がおもむろに登場して連れ帰るまでがワンセットだ。

動きそのものは機敏でキレがいいのだけど、いかんせん持久力が目を見張るほどなかった。不遜だけれど隠れてるつもりならもっとちゃんと隠れて欲しいと思わないでもない。

それでも奥様はいつも満足気に訓練場を後にしていたのだが、今朝は最初から参加する意気込みらしい。

「で、アビー。それは？」

「これは！　ハギスや胡桃も！　この間使ってましたし！」

いきなり僕の名前が出て肩が揺れた。いや僕の名前じゃないんだけど。

よくぞ聞いてくれたとばかりに枝を拾い上げて両手持ちで構えたのはいいが、両足が枝をまたいでいる。

確かにあれは長すぎるけどなんでそこ掴んだの。

「あー槍なー。そっかー。でも君にはまだ早いな。ハギスだって武器を持てるようになるまで長いこと訓練してたんだぞ」

もうなんかすっかり浸透したし、大先輩も最近は胡桃と呼ばれていて、こう、若干うらやましがられたりするようになったからいいんだハギスで。

主様は、やる気満々の奥様から自然な流れで木の枝をとりあげて準備運動へと誘導した。さすがだ……。


「整列！」

主様の号令で集合して整列する。

僕の定位置は一番右で、わ、奥様が僕の右に並んだ。姿勢いいなー！

「気をつけ！」

次から次へとかかる号令に従う。右向け右で奥様と向かい合っても想定内だ。

これしきではもう僕らは崩れない。

号令はどんどん速くなる。体に刻み込まれた記憶が音と意味に反応して、手足は瞬時に動いていく——。

「回れ右！」

「――っぐ」

なんで真後ろにいるの⁉　どうして！

最終的に奥様は左の端まで行っていた。どうも跳ねてるうちにずれていくらしい。勿論跳ねろって号令はない。

「えー、アビー。柔軟は俺としような」

「はい！」

見ているのはよくない。いつものペース、いつものペースを守るぞ。主様もきっと僕らの腹筋を慮って奥様とペアを組んだはずだ。多分。

「俺の真似するんだぞ。腕を伸ばして、いっち、に」

「いっち！　に！」

「んん？　……にーに」

「にーに！」

「……アビー、なんか動作がひとつ多いぞ」

「同じです！」

多いですよ！　いち、に、で三動作はかえって難しいです！　ああ！　どうしたって視界に入れてしまう！

結局奥様は全ての柔軟が終わる前に、真っ赤なお顔になって家政婦長に引き取られて行った。一・五倍動いてたから……。

「はいはいはーい。柔軟やり直しますよー」

ロドニーさんが手を叩いて仕切り直しが始まった。無駄に力はいってたせいで、ほぐれてないのを見抜かれていた。まあ腹筋は鍛えられたからいいだろう。

奥様のあの柔軟に真正面から立ち向かってた主様はさすがだ。ちょっと今しゃがみこんでるけどな！

5 おるたでだっておんなしゅじんするのです

海です！

オルタの屋敷に着きました。ここが今日から新しいおうちです。先に着いていたお爺たちがお出迎えしてくれました。

前に来たときより調度品が少し片づけられていて、早速タバサやイーサンが新しい調度品の配置を従僕たちに指示しています。

海を見渡せるテラスがある寝室に向かうと、ちょうどカーテンをつけ終えたメイドたちが脚立を持って出て来たところでした。

「あらあらお見苦しいところを」

メイドたちは脚立を後ろに隠してお辞儀をします。

知ってます。旦那様が見てるから、彼女たちはおすましをしているのです。いつもはもっとにっこりしてビスケットをくれますから。

「その脚立は初めて見ました。隠れてないですよ。貸してくださ「駄目だ」い」

私はメイドにお願いしてるのに旦那様が答えました。

でもきっと欲しい理由を言えば。

「きっとテラスに置いて登ったら高くて気持ちが「絶対駄目だからな」……はい」

駄目でした。

いい考えだと思いましたが、脚立はメイドがそそくさと持って行ってしまいました。仕方がありません。きっとまた機会はありますので、そのときのお楽しみにします。


寝室の新しいカーテンは、刈り込んだ芝生みたいな深い緑のビロードに、蔦をかたどった金の刺繍が天井に向かって伸びている柄のものでした。重そうだけど開いた掃き出し窓から吹き込む風をはらんで、薄い桃色のレースのカーテンと一緒にひらひらしています。

「えっ、待て待て。着替えはタバサを待ちなさい」

旦那様がひらひらのカーテンの端を慌てて掴んで閉めました。

「このワンピースは私ひとりで脱げます！」

馬車にずっと乗ってましたし、楽なようにって着せてもらったものですから、するっと脱げるのです。

シュミーズだけになって、衣裳部屋にあるクローゼットを開けました。

さっき脱いだワンピースを片腕にかけた旦那様も、続いて衣裳部屋に入ってきます。

「あ。まだお着替えを移してなかったです……」

「うん？　着たいものがあったのか？　珍しいな。ここにないってことは、まだ荷ほどきしていない方に入ってる分か」

「はい。あの訓練のときに着るシャツと半ズボンです」

クローゼットに入っているのは、先に到着していた分です。

義母上にお願いして譲ってもらったあのシャツとズボンは、これから運び込むほうにあるのでした。

旦那様は何もかかっていないハンガーを取り出してワンピースをかけ、先に吊るされている服を一着一着、右に左にと寄せていきます。

「あー……俺の子どものときのって、あれもらってきたのか」

「動きやすいですから、荷ほどきのお手伝いするのにちょうどいいと思いましたのに」

「……荷ほどきはタバサたちに任せて、そうだな、うん。周囲の見回りに行こうか」

「見回り！　大事なお仕事ですね！」

「だろう？　ほら、こっちを着なさい」

旦那様が出してくれたワンピースも、頭からすぽんとかぶるだけでしたので、ひとりで着られます。襟元のリボンは旦那様が結んでくださいました。

それから旦那様と手を繋いで外に出ようとエントランスへ向かうと、ちょうどタバサが入ってくるところで。

「奥様！　それは寝衣です！」

持っていた紙袋を落としかけながら叫んで止められたのです。

旦那様、ちょっとタバサに叱られてた。

◆◆◆

アビゲイルは着るものに興味を見せないのに、珍しく選んだと思えば俺のお下がりだとか。口元が緩みそうになるのを堪えた。

とはいえ、どう考えてもアビゲイルがするお手伝いは邪魔だろうと散歩に誘ったまではよかったんだが。

「別に透けてもなけりゃ露出もしてなかったじゃないか……どう違うんだ」

軽くて着やすそうだと選んだだけで、まさか寝衣だとは思わなかった……。

半目で小言をくれたタバサが、アビゲイルを着替えさせに部屋へ連れて行く。

それを見送りながらこぼすと、そばで気配を消したまま突っ立っていたロドニーが口元を震わせながら答えた。

「今はそれほどでもないですけど、奥様は寝込むことが多かったですしねー。母さんも寝衣にこだわっててかなり揃えてましたよ」

「あー、それで見覚えがないものだったのか」

「でも普通間違えないですよねー。なんですか透けて露出がって。もーやだー。主ったらー。そういうのも発注しときますー？」

「う、うるさいなっ、ほらっなんか報告あったんじゃないのかっ」

　ロドニーが手にしているメモを指差せば、へらへら笑いが引っ込んだ。

「先行して港を下見させた従僕によると、やっぱり城で聞いた通り外海が荒れ続けているそうですよ。こうなってからまだひと月弱ですし、幸い湾内は凪いでるので住民の食料にまだそれほど影響はありませんけど、商人のほうがぴりぴりし出してまして」

「天気はずっといいんだろう？」

「ですねー。漁師たちも首をひねってるらしいんです。交易船も入って来られずに隣領の港に寄せたままだとか」

　今日も空は水平線まで晴れ渡って青が繋がっているのに、海流や波だけが荒いというのだから不思議な話だ。

「治安はどうだ」

「オレも後で見てきますけど、ちょっとよろしくない空気にはなってるっぽいですねー。奥様との散歩は庭だけですませたほうがいいかと」

　オルタには代官を置いてある。代々管理を任せている遠戚のコレット男爵家で当主も実直な男だ。元々が要所であり俺の配属された国軍の駐屯基地もあるから、父や兄が視察に訪れることも多い。

　交易港は旅人や商人も多く出入りするために荒事も増えがちなものだけれど、オルタに限っては管理が行き届いた治安の良さも売りといえるものだったのに。

「まあ、見通しも立たずに商売あがったりとなれば荒みはじめるのは当然か」

「ですねー。初出勤は三日後ですから、コレット男爵には明日面会の時間を空けるよう先触れをだしておきました。自警団への視察はその後に組みますから」

「ああ。着いて早々助かる」

交易事業の一部ではあるが、俺も手伝っていた。そちらの方はイーサンの報告によればタイミングが良かったらしく、まださほど損害は出ていない。

ちょうどうまいことここの基地に配属されたからには、事業だけではなく代官の業務もついでに勉強して来いと父から言われている。

将来的には兄の補佐につくわけだし、それ自体は当然なんだけれど、しょっぱなから厳しいスタートを切ることになるのかと舌打ちをしかけて、イーサンの視線に気がついた。

いつからいたんだ、というかなんだその目は。これ見よがしに深いため息までついたぞ。

「……奥様が主様の奥様で本当にようございました」

「なんだ藪から棒に……」

「血縁というのは恐ろしいものといいますか、いやでもスチュアート様はあれでなかなかそつがないので」

「なんだなんだなんだ」

「――あれは主様が三歳になる前のことでした」

「それ長くなるか」

すっと目線を遠くにそらしたイーサンはそのまま語りはじめた。いやそろそろアビーが戻ってくるだろう……。

「大旦那様は昔からそれはもう有能でよき領主として慕われているわけですが、どうも大奥様との関係がぎこちないままで」

あー、そうだな。それはよく知っているし、最近はその反動なのか妙に仲が良いように見えるが。

「私どもも、使用人として踏み込めない部分をわきまえながらも何かお力になれないかと、その頃は常に見計らっておりました」

「お、おう」

「大奥様が仕立て屋と次の夜会用ドレスを打ち合わせしている場に、どうにか上手いこと大旦那様を放り込めたまではよかったのですが」

「放り込んだ」

「打ち合わせの間中ずっと銅像のように動かない大旦那様に！　大奥様がせっかく意見を求めてくださったというのに！」

なにか先が見えてきた気がして一歩後ずさると、イーサンは目を見開いて一歩詰めて来た。

「指差したのはドレス下のペチコートですよ！　腰から下しかない！　何故それを！」

「俺の方がまだましだろうそれ！」

「お忙しいのに付き合わせ続けるのも申し訳ありませんわと微笑む大奥様とタバサの視線の冷ややかさといったらもう！」

「わあ……」

「本来妻の装いに関心がないと思われるなど紳士の嗜みに欠けるものですよ。だから昔から主様には服飾の基礎だけでも学ぶべきだとあれほど……っ」

「主ったら、完全に聞き流してましたからねー」

「幸いというべきかどうか奥様は装いにあまり興味がないからこそ円満に事がすんでいるんです。ですがこれからどんどん淑女として学ばれるのですから主様もですねこの機会に――」


どうも父の選択はペチコートの繊細なレースが母によく似合うと思ったゆえのことだったらしい。肝心の母には伝えられていないそうだし、どう考えても俺の方がましだ。

大体俺は事あるごとにきちんと褒めている。

確かに最初のうちは慣れないことに苦戦はしたけれど、実際可愛いのだから素直に言葉にするだけだと理解した。褒められることを知らなかったアビゲイルに、言葉を惜しんでなどいられない。

ただちょっと、ドレス関係についてはほんの少しばかり、付け焼刃では追いつかなかっただけであってだな……勉強って何するんだろうな……。

「旦那様！　お待たせしました！」

「走らない」

「はい！」

二階からエントランスへと続く階段を駆け下りそうなところを止めると、背すじを伸ばしたすまし顔がつくられる。

その姿勢や視線移動も貴族らしく気品があって素晴らしいのはいいのだが、階段なのだから足元も見て欲しい。駆け上がってその手をとった。けしてイーサンの小言を強制的に切り上げたわけじゃない。

「見回りですから、お庭を先に行きたいです。きっとお爺がいい感じの棒を見つけておいてくれてます」

「いい感じの棒なー」

まあわからんでもない。俺やロドニーだって隙あらば競って枝を拾っていた時期はある。俺の妻は勇ましくて可愛い。

というか、ちょいちょい拾ってきている枝はやっぱりボブ爺からもらってたのか。王都を発ってからの道中で拾っていたのがいつもよりやたらと長かったりしたのは、ボブ爺がいなかったからだな……？

「今日の散歩は庭だけにしよう。その後は俺も私兵団の詰所に顔を出してくるから留守を頼む」

「詰所。坂を下りたところにある建物ですか」

海沿いの高台にあるこの屋敷から港を囲む町は緩やかな一本道で結ばれていて、その途中にある詰所が敷地の外門も担っている。

国軍の駐屯基地は屋敷とは町を挟んで反対側に隣接しているが、基本的に国外からの船の出入りを監視するものであって町の治安維持に表向きは関係がない。ドリューウェット領が治める地だから、要請しない限りは干渉しないことになっている。

代わりに配備されているのが領の私兵団で、これまではそれだけで足りていたところを最近の治安の乱れに伴って発足されたのが自警団だ。

住民の自発的な組織とはいえ私兵団の傘下に入ったため、俺も視察に行かなくてはならなくなった。

「そう。ここの私兵団は、町の警備だけじゃなくてこの屋敷も護ってる。それにいずれ私兵団を統括するのが俺の仕事になるからな。今からその下準備といったところか。子どもの頃から知ってる者たちばかりなんだが、若い奴らには俺を知らん者もそれなりにいるし」

「旦那様がボスですね。おつよいですからばっちりです」

「ボスというなら兄上だぞ。俺は補佐」

「そうでした。やっぱり人間のボスはむずかしい」

「ははっ。全部をひとりではできないから役割を分け合うんだ」

先に到着していたボブ爺は、早速庭を整え始めていたようだ。前回来たときとは趣が変えられつつある。

手を繋いでゆっくりと前庭、中庭裏庭と続く小道をたどっていくと格式高く刈り込まれた生垣やトピアリーの整然とした配置は、野趣に富んだ草木が自由に枝葉を伸ばすものへとなっていった。

　自由と言ってもそう見えるよう計算されているのであろうことは、俺にでもわかる美しさだ。横を歩くアビゲイルの足取りの弾みっぷりが激しくなっていくあたり、ボブ爺の仕事は確実にその心をとらえているのがわかる。

　房となって赤く光る小さな実に伸びる手をすかさず捕まえて、そのまま立ち位置を入れ替えた。無意識なんだよなぁ。この癖。

　ボブ爺もわかっているから毒のあるものは植えていないはずだけれど、俺も見たことがない実をそうそう口にさせる気はない。


「旦那様！　海です！」

　シルバープリペットが両脇に繁る小道を抜けて目の前に広がったのは、舳先のように水平線へ向かって延びる崖だ。

　これ以上近づけないように、腰の高さまである木柵が設置されていた。

「アビー、乗り越えない」

「前はこれありませんでしたのに」

「ここから先は強い風も吹くから危ない。近づかないようにボブ爺が君のためにつくったんだと思うぞ」

今まさに何のためらいもなく乗り越えようとしてたしな！

「そうですか」

特に不満げでもなさそうなのに、アビゲイルは海と空の境界線へと目を向けた。

ここから見ていても海は果てまで凪いでいて、青空を流れる雲も日差しを明るくやわらかに透けさせている。

なのに熟練の船乗りが舵をとれないほどに海面下の流れは激しく渦を巻いているというのは、聞いていてもにわかに信じがたい。

漁や航海に直接関わらない者であれば、実感の伴わない理由で商売が滞るのは不信や不満が積み上がるというものだ。

「……アビー？」

遠く彼方を見つめる金色が、日暮れの海の波頭のように静かな輝きで揺れている。


――海のことは森ほどはわからないと前に言っていたはずだが。


「前よりわかるようになったのでもしやと思ったのですが」

「うん」

「サーモンはやっぱり見えないです。あれは魔物じゃないから……」

「魔物ではないな。うん。確かにな」

「ボスに聞いたら、今は忙しいから後であげるねって」

「んんん？」

「今日の夜ごはんには間に合いそうになかったです」

申し訳なさそうに言うのだけれど。

うーん、これは詳細を聞くべきかどうか迷うところだな……。

◆◆◆

オルタに着いたらサーモンを獲りますと、城を発つとき義母上に言ったら、今は漁ができなくなっているから難しいかもしれないわねって教えていただきました。だけどジャーキーは屋敷に新しいのが届くように手配してあるから大丈夫よって。

でもサーモン・ジャーキーはいつも義母上が送ってくださっていたので食べられましたが、生はドリューウェットに来ないと駄目でしたし、せっかく海に来たのですからやっぱり捕まえてみたい。そして料理長が料理するところを見たいのです。

まだ早い時間ですから、きっと夜ごはんに間に合うと思ったのに……。

「ボス争いでどっちが勝つかまだわかりませんし」

「ボス争い」

ああ、遠いところでしてるので旦那様には見えないのでした。

「私は今のボスが勝つんじゃないかなと思うのですけど、若いほうもなかなかつよいです。旦那様はどっちが勝つか見たらわかりますか。見に行きますか」

「……海のボスだよな？　どこで戦ってるかわかるか？」

「あっちです。あの水平線よりちょっと向こうくらいで、あ、でも深いところなので息を止めて潜ってもちらっとしか見えないかも。旦那様はどのくらい息を止められますか」

「海の底かー。そっかー……そっかー」

旦那様も私が指差した海の向こうを見つめました。

なんでしょう。実は旦那様にも見える距離だったのでしょうか。でも少し迷っているようにも見えます。

「旦那様。私はもう泳げますし、旦那様と一緒ならきっとちゃんとご案内できると思うので」

「いやいやいや……」

まだ何かありますか。他に何があるでしょう。旦那様は目線を落として少し困ったお顔をしました。

「えーっとな、あんまり君のその力を頼りにしたくないんだが……海が荒れてるのはそのせいか？」

「はい！　ボスなのでつよいですし！」

「お、おう。じゃあその戦いが終わるのっていつ頃になりそうだとかは……」

「いつごろ……？」

どっちかがやっつけられたら終わるのですけど、それはあの子の気分次第というか……あ、そうでした。

「終わらないと船を出せなくて漁ができないのですね⁉　気づきませんでした！」

「あー、まあなぁ……せめてボス争い？　は大体いつもどのくらいで終わるものなのか目安があれば助かるかな」

確かにいつまでもサーモンを獲りにいけないではないですか。それはちょっと困ります。けど。でも。

「アビー？　わからないならわからないでいいぞ？」

「前に来たときはあの子とおしゃべりできてなかったのですけど」

「うん」

「さっき聞いてみたら、あの子はもうずいぶん長いことボスをしていて。えっと、この港ができるずっと前くらいから？」

「ほお。長生きだな」

「はい。ボスになるとそういうものなので。それで、もっとつよいのが現れたら交代するんですけど、あの子はボス争いが好きな子で」

ボスは縄張りの中で一番つよい子がなります。

ボスになるとピヨちゃんのように元の魔物の仲間とはちょっと違うものになってしまいますか

ら、仲間がいなくなります。

ピヨちゃんは生まれつき弱くて仲間に嫌われてたので、最初から一匹でしたけれど。

「ボスはボスというものなので仲間はいないのです。でも次のボス候補、えっと」

魔王の森にいる竜も、あそこのボスです。

あの竜も時々ボス争いをしていました。

ここの海のボスとは違って、すぐやっつけちゃうので争いは長引いてなかったと思います。

あちこちにいるボスもそれぞれで違いますけど、ここの子みたいにボス争いが好きな子もいます。

ぱくんってひと口で食べちゃったりもできるのに、そうしないのです。

魔王の頃は、なんでかなって思った気がします。

でもそこのボスが決めたことだし、よくわからないけどそうしたいのだろうなって気にしませんでした。

だけど、今の私はなんだかわかるようになったと思うのです。

「ボスは縄張りの中のどの子よりもつよいから、一緒に遊ぶ子がいないんです。でも次のボスになろうとする子はつよいから」

「遊んでる？　……戦いで死んだりはしないのか？」

「どっちかは死んじゃいます。戦いなので」


それは当たり前のことです。

ボスが決めるルールよりも、もっとずっと前から決まっていることです。


「人間もボス争いしますよね？　習いました」

「あー。そうだな。この国も今は何もないが、うん。してるな」

図書室で歴史の本だって読みました。ただ人間はボスの決め方が少し難しかったので、わからないこともまだ多分いっぱいあります。

「楽しいって言ってました」

「ここのボスがか？」

「はい。ちょっと間違って踏んだくらいでは死なないから楽しいって」

「ふむ」


ボス争いをして勝った方は、その分つよくなります。

何度も勝てば、もっとつよくなります。

あの子はいっぱい長生きして何度もボス争いをしてるので、多分竜よりつよいかもしれません。竜は泳げなかったと思うので戦いにはならないし、そもそも森から出られませんけど。

旦那様はちょっとわかるようなお顔をして頷きました。

私には人間のルールが難しいように、旦那様にも魔物のルールは難しいのではないかと思いましたけど、そうでもないみたいです。さすが旦那様。

「腕試しというか、強い者と戦って自分の力を試したいっていう気持ちならわからないでもないな。命を取るまではいかんが」

「それはちょっとわからないです。つよいかどうかは見たらわかるので」

「お、おう」

「でもどっちが勝つかは、やっぱり戦ってみないとわからないこともあります。つよくても途中で飽きちゃったりしますし」

「それは俺がわからんな……負けたら死ぬんだろう？」

旦那様は首を傾げますが、ボスはずっと長いこと生きてるので多分あんまり気にしてません。

「私は他の魔物と遊んだりしませんでしたし、わからなかったんですけど」

「芋をくれたあの子は？」

「私は大きかったので。あの子はちっちゃいから踏んだら大変ですし」

「なるほど」

それにおいもをくれたあの子もお仕事とか食べ物をとったりとかで忙しかった。

「ここのボス争い、前にあったのはまだこの港がもっとちっちゃかった頃だって」

「どのくらいのだろうな……今の大きさになったのは俺が子どもの頃だったはずだが」

「船も人間が二人くらいしか乗ってない頃みたいです」

「そりゃあ随分前だな……」

急にぴゅうと強い風が吹きました。

柵を両手で掴んでいたのですが、片足を柵にかけたままだったし髪が顔にばさっとかかったから、ふわっと倒れそうになります。

でも旦那様がしっかり支えてくれましたので大丈夫。乱れた私の髪をかき上げて耳にかけてくださいます。

「サミュエル様と遊ぶの、楽しいです。遊ぶのは楽しい」

「うん」

「あの子も、久しぶりに遊べて楽しいのです」

早くそれやめてサーモンくださいってお願いしたら、きっときいてくれる気はしますけど。

「うん。元々が人間にはわからないことのはずだったんだ。そのうちおさまるんだろう？　それがわかっただけで十分だ。いつもありがとう」

旦那様は、おでこにご褒美のくちづけをくださいました。

それはそれとして、見回りのためのちょうどいい棒がありませんでした。お爺も忙しいのか、屋敷に戻るまでの道のりにはいなかった。私兵団の詰所に行くのなら、持って行った方がみなさんと同じでいいんじゃないでしょうか。

「……女主人は棒を持たなくても大丈夫だ。というか俺も顔を出すだけだぞ？　すぐ戻るし」

「ご挨拶は大事です！」

「んー！　それはそうなんだけどなー！　俺の妻はしっかりしてるなー！」

ピヨちゃんだって旦那様に番を紹介しに連れてきたのです。

ハギスや胡桃たちだって、元々はドリューウェットの私兵だったって聞きました。つまり私兵は仲間にちょっと近い者たちです。

ならば私が妻だとお知らせしなくては。

「いずれ紹介しようと思ってたんでしょー。しなきゃいけないですしー」

エントランスでお迎えしてくれたロドニーもそう言います。そうでしょうそうでしょう。私はちゃんと女主人のお仕事をわかってるのです。義母上に習いましたから。

「何を心配してるんだか。主の奥様に懸想するような命知らずなんていませんよ」

「若い奴らも増えただろ！」

「はいはいはーい。さあ、奥様、詰所までは馬車に乗りますからね」

「はい！」

馬車にはロドニーも一緒に乗りました。

あんまり一緒に乗ることはないので知りませんでしたが、向かい合う旦那様とロドニーの膝がくっつきそうです。

旦那様ほどではありませんが、ロドニーもなかなかおっきい。

ロドニーが一枚一枚渡す書類を、旦那様は次々に読んではロドニーに返していきます。

「……」

私も手を出すと、ロドニーは一枚くれました。旦那様に渡します。

旦那様は読み終わるとロドニーに返して、ロドニーがそれを私に渡してくれて、また私が旦那様に渡すのを繰り返しました。

旦那様も私と同じくらい読むの速いかもしれ……あら？

「旦那様いつの間に二枚持ちましたか」

「ぶふぉっ」」

ロドニーがくれた紙はずっと同じもので、旦那様は新しいのもいつの間にかロドニーからもらって読んでましたけど、私が渡す紙はずっとぐるぐる三人の間を回っていただけでした。

いたずら！　ロドニーと旦那様のいたずらです！　面白かったから私も今度やります。

「旦那様。町にあるヤドリギ食堂のショットブッラルが美味しいって」

いたずらに使っていた紙は、私兵団の日報だったのですが、隅っこにそう書いてありました。

ショットブッラルは肉団子のミルク煮込みです。

コケモモジャムを添えていただくそれは料理長もつくってくれたことがあります。

ミルクソースで煮込んだぴりっとする肉団子に、あんまり甘くないジャムが爽やかでとっても美味しかった。

「あー、これな。……よく見たらこの日報書いたデズモンドって、あのデズモンドか？」

「ええ。あのデズモンド・コレットですねー」

ロドニーがすごく酸っぱいレモネード飲んだみたいな顔をしました。つられてほっぺのところがきゅっとなりそうです。

「あいつ戻って来てたのか。他の村に行ってたよな」

「ええ。最近無事下積みを終えたらしいですね。一応奴はコレット男爵家の三男ですし、地元に戻されるのは予定通りでしょう。……どうしました。奥様、頬なんて押さえて」

「酸っぱい気がしました。気のせいです」

「なるほど。主。あのデズモンドだけは奥様に近づけないほうがいいと思いますよ」

「お前……もう詰所に着くってときにそれを言うのか……」

「顔を合わせることまでは避けられませんからねー。主は全然、全く、ひとかけらも気にしてませんでしたけど、あいつ色々こじらせてますから」

「お、おう？　いや、どっちにしろ誰のこともアビーには近づけないぞ……？」

それがいいですってロドニーはまた酸っぱい顔をしましたけど、どうしてでしょう。デズモンドという人間は私のごはんをとっちゃったりするのでしょうか。

6 ごしょうかいはとってもだいじです

詰所に着いて旦那様の手をお借りして馬車から降りると、ドリューウェットの制服を着た私兵たちが何人もすごい勢いで駆け寄ってきました。

先頭に立ったのは、白っぽい金髪を短く刈り上げた四角い感じの人間です。

「気をつけ！」

ぴたっと背すじを伸ばして、がなり声をあげました。私もぴっとします。これ訓練でやりました！

「ノエル少佐に敬礼！」

私兵たちは右手の指を伸ばして眉のあたりにかざします。あれっ、右向けじゃない……。

少しふらついた私の肩を左手で抱き寄せて、旦那様はゆるりと胸を張って同じように右手を上げて「出迎えご苦労」と答えました。私もしようと思いましたが、旦那様の脇にくっついちゃったので右手はあがりません。

でも、しなくていいぞって旦那様が囁いてくれましたのでそのままです。

「麗しきノエル夫人に敬礼！」

体の向きをわずかに私の方へ向けて、またぴっとされました。敬礼、はしなくていいので、多分ここは胸に片手を当てるやつ、は、やっぱり右手が旦那様の脇にあたってあがらない。から、おすましの笑顔を返します。

四角い人間は、熟してないどんぐりみたいな緑の目をちょっとだけ見開きました。魔力はあんまりないみたいです。ステラ様のほうがある。それからすいっと視線を旦那様に戻して、口を大きく開けて笑いかけました。

「久しぶりだなジェラルド！　いや、ノエル卿と呼んだ方がいいか？」

旦那様は眉間を薄く寄せて私をさらに引き寄せました。

「職務中だろう。軍じゃないから階級呼びはいらないが、今はわきまえろ」

旦那様に右手を差し出したまままちょっとだけ固まった四角は、すぐにさっきよりももっと大きな声で笑いました。

「相変わらず生真面目だなぁ！　結婚したと聞いていたから少しは緩くなったかと思っていたのにそうでもないようだ。それでこそジェラルド、おっと、ノエル卿だがな——ったく、ロドニーも相変わらずときた」

差し出した手をそのまま旦那様の肩に置こうとして、ロドニーに叩き落されています。

おそらく、おそらくですが、この四角がデズモンドではないでしょうか。そんな気がします。つまり私のごはんをとるかもしれない人……っ。

「我が主にわきまえろと言われたばかりでしょう。所長はどこですか。デズモンド・コレット班長。あなたの班が今の時間、詰所周りと門衛の当番ですよね。先触れを出したはずですが」

「あー、若いのを部屋に向かわせたんだがなー。まあ、すぐ来るだろ」

ほら！　当たりました！　やっぱりそうです！　この四角がデズモンド！　肩をすくめてもまだ四角い！

さっき馬車の中で聞いたところによると、デズモンドは旦那様たちよりひとつ年下だそうです。でももっと年上に見えます。

旦那様たちが魔法学校に通う前は父親の男爵に連れられて城に来ることもあって、そのときは一緒に遊んだけれどめんどくさかったってロドニーが言ってました。なんでめんどくさかったのかは聞いてません。馬車がここに着いちゃったので。

「……随分とたるんでるようだ」

小さな低い声で旦那様はつぶやきましたけど、四角には聞こえなかったようです。

「それより噂以上にお綺麗な奥方じゃないか！」

大きく広げた両手をくるくるしゅっとさせて、大きく三歩近寄ってきたかと思うと私の目の前で片膝をつきました。

鞘に入れたままの剣を両手で目の高さまで捧げ持って、口の片端を上げて笑顔をつくった四角はそれまでよりもちょっとおすましな声をあげます。

「ああ、夜を優しく照らす焔が如き赤髪よ、闇を切り裂く光芒が如き金瞳よ。我が心はその眩さに撃ち抜かれたり。白魚が如きたおやかなる手よ。貴女のその手が汚れることなく永遠に美しくあるためならば、我は喜んで己が剣を捧げよう。どうかこのさまよえる騎士に慈悲と恵み「誰が騎士だ誰が！　俺の妻に戯言を抜かすな！」――ったー！」

旦那様が四角を真横から蹴り倒しました。

恵み……恵みとは施しのことのはず。

私のごはんをとっちゃうのはだめだけど、欲しいなら欲しいって言えば考えなくはないです。

「おなかがすいてるのですか」

「え？」

旦那様に倒されて斜め座りになった四角に聞いたのに、きょとんとして動きません。だからその額にサーモン・ジャーキーを一本載せました。

施しは淑女の嗜みだと！　義母上に習いましたので！

「こいつにはもったいない」

旦那様はサーモン・ジャーキーを四角の額からさっと取り上げて、ひと口で食べてしまいました。

最近はポケットにしまいやすいように短くしてもらっているのですけど、それでも私ならひと口では無理なのに。さすが旦那様。

「え？　は？　俺今何を載せられたんだ？」

「やらんから気にするな。――やっと所長がお出ましだな」

道を遮る両開きの鉄柵門に対して直角に建っている詰所は、三階建てのなかなか大きな石造りの建物です。

その詰所の正面玄関らしき扉が派手な音を立てて開き、その勢いでまた閉じました。

「……何やってんだ」

今度はさっきよりゆっくり扉が開き、中から出て来たのはひょろ長い人間です。

「ジェラルド様！　お出迎えが遅れ申し訳ありません！」

ちょっとしか走ってなさそうなのに、ひょろ長いのは汗だくでした。旦那様より背が高くて、でも幅が狭い。

「久しぶりだな。所長。元気そうで何よりだ」

旦那様の声はどこかひんやりしている気がします。よその方にこういう声を出すことは夜会で見たことがありますが、護衛たちとかドリューウェットの人間にするのってないのに。どうしたんでしょう。ご機嫌斜めですか。ひょろ長いのが出す汗も増えたように見えます。

「……は。おい、コレット！　お前何やってんだ！　ぴしっとしろ！」

四角は面白くなさそうな顔をしてもたもたと立ち上がりました。ぴしっとできないのはよくない。私は得意ですからお手本にするといいです。

詰所の裏手にある演習場へ向かい、板張りの高い台に乗って旦那様と一緒に並びました。

門にいたのよりたくさんの私兵が集まって整然とつくる列を見下ろすと、トビキツネアリを思い出します。

尻尾が三本、足が三対ある体は狐の形と蟻の硬い殻を持つ、並ぶのが好きな魔物です。列の邪魔するものはみんなかじっちゃうのですけど、自分よりつよい魔物にまでかじりに行くからよく全滅してました。魔王の後ろに並んでついて歩いてたこともあります。立ち止まって振り向いたらびっくりしたように散って逃げていくのですけど、列を乱したのを見たのはその時くらいでしょうか。

今思うと魔王は体のあちこちに目がいっぱいあったのに、あの子たちは魔王のどっちが前かわかっていたから割とかしこかったのかもしれません。

屋敷のある高台のふもとにこの詰所はあるのですけど、海に面しているのとは逆の陸側はぐるりと何列にも並ぶ木が壁になっています。防風林にもなると言ってましたから、この林は人間がつくったものでしょう。でも木々の隙間の繁みにはちらちらと光る点があります。

いるね、いるかも、いるよねっ

そんな囁きに、いるよって小さく頷いて見せましたら、きゃーって奥へ戻っていきました。
こっちに出て来てはいけません。
こっちにはつよいにんげん、が？　あら？　並んだ私兵たちを見渡してみたらあんまりつよいのいない……。

「……アビー？」

「あ。アビゲイル・ノエルです。どうぞよしなに」

旦那様に紹介をしていただいていたのでした。うっかり近所の魔物に気を取られてた。

今度は胸に手をあてて、おすましの微笑みです。合図もないのにみなさん、ざっと一斉に気をつけをしたので少し驚きました。

でもハギスたちのほうが揃ってた。

台のすぐ下にいるロドニーも、隣に立つ旦那様もご機嫌斜めの顔です。

私は門の横にあった屋根と柱だけの高い塔に登りたかったのですけど、これはお願いをきいてもらえないかもしれません。

◆◆◆

外門横の物見台にちらちらと視線を送るアビゲイルにロドニーをつけて、屋敷へと先に帰らせた。登りたかったんだろうことはわかったけれど、少しばかり急ぎで対応しなきゃならんことができたからだ。

所長室ではソファを勧められたが、窓辺に立って演習場を見下ろした。

所長自身は所在なさげに応接セットの横に佇んでいる。

その後ろには軽薄な笑いを顔に張りつかせたデズモンドもいた。何故いる。そういうとこだぞと苛立たしさが募った。

「春先に来た時は、俺もここを任されたわけでもないし顔を出さなかったから気づかなかったが……。いつからだ？」

「……面目ございません」

俺が子どもの頃からこの男はここの所長だった。

上背こそあれ細い身体の見た目通り、目立って腕の立つ者ではない。けれど異国人が行きかう場所という特性上、人当たりの良さと語学に優れた点が見込まれて配置された人物だ。荒くれ者の多い私兵を取りまとめるには心もとなさそうではあるが、意外と慕われていた。

「おいおい。ジェラルド。どうしたっていうんだ。何が気に入らないんだ？」

「……元凶はこいつか？」

「……いえ、私の不徳の致すところで」

たかだか班長程度がこの場に許しも得ずに居座っているのだから、ここのたるみの元凶がこいつなのは明らかだ。

この部下をかばう姿勢がこれまで慕われていた要因だが、こんな状況ではいただけない。

「こいつが代官であるコレット男爵家の者だとしても、男爵は理不尽な言いがかりをつける人物ではないと思うが」

確か性質が似ているせいか所長と男爵も懇意の仲だったはずだ。所長の拳が両脇で握りしめられている。

「俺が昔よく来ていた頃より年齢層が下がっていたな。当然と言えば当然だが、派閥でもできたか」

「そこまでのものでは……」

「人聞きが悪いな。そう！　世代交代の時期ってやつさ。いずれジェラルドが私兵団をまとめるんだからな。近い世代を育てなきゃならんだろう」

そう、と大仰な身振りをつけて指を鳴らしたデズモンドは、表情までいちいち芝居がかっている。何故指を鳴らした。何故斜めに構えて口を歪める。笑ったのかそれ。

不覚にも開いた口に自分で気づいて閉じた。

ロドニーは毛嫌いしてたがここまでひどい奴だったか……？

「なるほどな？　確かに俺がその立場になる頃には、主力世代になっていてほしいところではある」

私兵団には、ちょうど俺より少し上の世代が薄い。

この領の者が武に重きをおいているとの評は昔からだが、国の反対側にまでそれを知らしめたのは、数年前に平定された紛争で多くのドリューウェット出身者が手柄を立てたからだ。俺もそのうちの一人だし、私兵団に入ることなく野心を胸に従軍した世代がそこにあたる。

けれど当然ながら、その一方で戦から戻らなかった者も、戻れなかった者も多い。

だから若い頃から鍛え上げて領を守り続けてきた者たちが他領なら引退を考えるくらいの年齢になっても、ここではまだ現役だったはずだ。

どいつもこいつもいつまでも俺を小僧扱いするようなジジィばかりだったから、てっきりまだ幅をきかせてるもんだと安心していたのに。

「だっろー？　先輩たちもそろそろ俺ら若者に任せて楽隠居してもらわなきゃ！　古いんだよガッチガチな上下関係とか、もうどこも戦争なんてしてないんだしよ！　な！」

「へぇ？　上下関係ときたか。うちはどこの領の私兵団よりも実力主義なはずだが、そうまで言うからにはさぞかし歯ごたえのある模擬戦ができるんだろうな」

◆◆◆

先にロドニーと一緒に帰っていなさいと馬車に乗せられました。

旦那様に急なお仕事ができたそうなので、登りたかった高い塔はお預けです。ですが私は立派な子爵夫人なのでわがままは言いませんし、登るのはまた今度でかまいません。

それよりも今まで気がつきませんでしたが、外門の両側にある壁は高くて左右に長く延びています。海側の崖から、高台のふもとに広がる林のあたりまで。

「ロドニー。もしやあの壁からこっちが全部おうちですか」

「はい。というか、ドリューウェットの領地は全部おうちと言ってもいいんですけどね。このオルタ邸の敷地としては高台とその周辺一帯がそうです。だから外門はあそこにあって、オルタ邸の警備も兼ねて私兵団の詰所があるんですよー」

ロドニーの指は馬車の窓から見える林の向こう側を撫でるように動きました。

「私は屋敷の庭あたりまでがおうちだと思っていました……なんてこと！」

「えっ、どうしました」

「今日はまだ庭の見回りしかしてませんし、前に来たときもそうでした。だからあの子たちはあんな近くまで来てたんですね」

あの帯のように続く林はそれなりに木が密集はしていますけど、森と言うにはまだ狭くて小さいです。

なのにあの子たちはちょろちょろとしていました。

もちろん、平地で活動する魔物もいるにはいるのですけど寝床は大体森の中ですし、小さいのはやっぱり森の中で暮らします。

「あの子、たち？」

この辺りはピヨちゃんの森ではありませんから、違うボスの縄張りです。

けれどとても端っこだし、だから弱くて小さい子ばかり。

海と森と人間の世界が、ちょうど少しずつ重なっているような場所がここなのです。

「ロドニー。お散歩をしなくてはいけません。ここに私がいると知らしめなくては」

「奥様さすがにオレでもちょっと追いつきません」

ロドニーは屋敷に着くと、護衛たちの半分を連れて詰所へ戻っていきました。

「ささ、奥様。荷ほどきは終わりましたので、内装や調度品のご確認をお願いいたしますね」

お散歩は明日にしましょうと言われてしまいましたし、タバサのお願いを先に聞くことにします。屋敷の采配も女主人の仕事なのですから！

ここはドリューウェット侯爵家の別邸です。お城ほどではありませんが、ノエル家の王都邸《タウンハウス》よりずっと大きくて広い。

港を囲む町を見下ろして三日月のような湾を見渡せる高台は、とてもボスらしくていいものです。そのうちあの柵の向こうにある崖の先にも立ちたいのですが、それは旦那様と一緒にしましょう。

タバサと屋敷内を見て回ります。

エントランスから二階へ続く階段に敷いてある絨毯は角がしっかり整っています。これはひっかかると転ぶのでピシッとしてなくてはいけません。よし。

廊下や踊り場に飾られている色とりどりのお花はどれも大ぶりで見たことない種類もありますから、きっとここのお庭に最初からあった花です。後でお爺に習いましょう。よし。

厨房は半地下にあって、料理長たちはもうがやがやと夜ごはんの仕込みをはじめています。王都で使っていた私の椅子もちゃんと隅っこにあるのを見つけました。よし。

家族用の食堂には、桑の木の鉢が大きな出窓の台に載っています。日の当たり具合がばっちりだそうです。よし。

寝室のベッドの横にはお花の飴が飾ってあります。これもいつも通り満開！　よし！

「完璧ですタバサ！」

「それはようございました。お疲れではありませんか？　お昼寝になさいますか？」

「来るときに馬車でお昼寝はしたので大丈夫です！　おやつがいいです」

「では、テラスにご用意しましょう。今日は風と日差しがちょうどいい塩梅で気持ちようございますよ」

お誕生日のお祝いをした庭園に続く温室とは、違う方向にあるテラスです。庭園は芝生や生垣が多めでしたけれど、こっちは花壇が多め。

ひらひらの青い花びらの中心に白い花弁があるエボルブルスと、真っ白な雪のようにふわふわとしたユーフォルビア、赤紫の釣鐘の花をいくつもぶら下げて立ってるジギタリス。どれもお爺から習ったお花です。他のお花は習ってないので、ここに最初からあった花です多分。

ざわざわ揺れる葉擦れの音の狭間に、ざあざあ寄せる波音が混ざります。

時折海鳥の鳴き声も空から降ってきます。

座面に柔らかいクッションを張ったガーデンチェアに深く腰掛けて、頬に当たる風の匂いを嗅ぎました。しっとりしていてちょっと変な匂いだけど、前回来たときにはすぐに慣れましたから、今度もそうなると思います。

今日のおやつはフェネトラでした。さくさくのタルト生地にアプリコットジャムが薄く塗ってあって、レモンのいい匂いがするクリームとふわあっとしたメレンゲ。手でつまんでひと口です。

料理長はいつも食べやすいようにしてくれるし、いつだってとっても美味しい。

魔王が何を思ったり考えたりしたのかを、アビゲイルになった私は覚えていませんでした。けれど最近はなんとなくわかるというか、うっすらとですが思い出してきています。なんでなのかは知りませんけれど、できることも増えました。

魔物たちの声もよく聞こえます。多分そういうものなのでしょう。ひそひそ声で囁く弱い子たちの声も、楽し気に歌う海のボスの大声も、葉擦れや波音に溶けて届きます。

日向ぼっこやお散歩をしながらそういった音を聞いているのが、魔王《昔の私》は好きでした。今も好き。日差しが直接当たらないように、タバサは大きな日傘をテーブルのそばに立たせておいてくれていました。日傘のレースが透かす光は柔らかくて、空を横切る薄雲の影がゆったりと流れていくのがわかります。

とても気持ちが良くて、ついうっかりうとうとしてしまいました。

夜ごはんの前に旦那様はちゃんとお帰りになりました。

タバサに起こしてもらった後、厨房に行きましたらスズキという一抱えほどもある魚を料理長がさばいていて、どんなご馳走になるのか楽しみだったのです。間に合ってよかった。

「美味いか？」

「ふぁい！」

皮がぱりっとしたスズキは白い身がほわふわっとほぐれる魚でした。身の下に広がった爽やかな香りのするバターソースはなんでしょう……あっオレンジ！　オレンジの香りです！　それに飾りだと思っていたオレンジのかけらも、刻んだトマトやキュウリに馴染んだソースでした。ふたつのソースがかかってますこれ！

「スズキは湾内で獲れる魚だから手に入ったんだな」

旦那様は白いワインを片手に満足そうな笑顔を料理長へ向けました。料理長も胸を張っています。これはとてもご立派な魚でしたから。

「そういえばロドニーに聞いたが散歩に行きたいんだって？」

食後のお茶をいただきながらサロンで寛いでいましたら、旦那様がそうおっしゃいました。あ、旦那様はいつもの蒸留酒です。

床には絨毯の代わりに、ラタンで編んだ板に三角や四角の模様が散った綿が張ってあるものが敷いてあります。さらっとしてて気持ちがいいので、直接足を前に伸ばして座りました。

「はい。明日は代官のところに行くのですよね？　その前にお散歩したいです。あの外門のあたりからずうーっと林の向こうまでです」

「結構な距離になるぞ？　馬車じゃ駄目なのか？」

「それだとびっくりして逃げられます」

「待て待て待て。それは本当に散歩なのか」

歩くのですからお散歩だと思うのですが――。

「あっ！　そうです。違いました。旦那様の紹介もするのでした」

「誰にだ⁉」

「私はこの庭までがおうちだと思ってたんですけど」

「お、おう」

「林あたりまでおうちだということですので、ちゃんとこっからこっちは来ちゃ駄目って教えないといけません」

「んんんー！　それ魔物か。魔物なんだろうなー」

「私がいるところは私のおうちなのだと、魔物たちは見ればわかります。私と一緒にいれば、旦那様は私の番だとわかります」

「つが……う、うん。続けて」

床から抱きあげて膝に乗せられましたので、旦那様の少し赤くなった耳の先を掴んでから続けます。

「ほっとくと遊びに来ちゃったりしそうなんですけど、でも番がいる巣に行くのは喧嘩の元ですから」

「遊びに来なくなる？」

「はい！」

「え、でも王都では君そんなこと……ってそりゃそうか。王都だもんな……いやいやいや、つまりいつでも魔物が入り込みそうな状態だってことか？　この屋敷が？」

「ここは町からは少し離れていますし、人間も少なくて、えっと」

なんと言えばわかりやすいでしょう。

魔物のルールを人間の言葉に直すのはいつも少し考えてしまいます。

「人間の縄張りから外れてきてますので」

「はずれてきてる。なわばりから」

噛みしめるように繰り返す旦那様に、はい、と頷きましたら、かっと目が見開かれました。

「何故⁉　いやいやいや確かに屋敷に住み込みの使用人はいなかったが、詰所には常に人が住んでたぞ？」

そりゃ昔より減ってはきてたがと旦那様はおっしゃいますけども、昔のことはちょっとわかりませんし。

「だってあの人たちよわいですし」

弱い上に数も少ないなら縄張りとられても仕方がありません。

旦那様は目を閉じてふわーっとソファに寝転がってしまいました。

「旦那様がおつよいので、そのうちこっちに来なくなるとは思います。でも来る前に私はお知らせしたいです。この辺りのボスは少し遠いところにいつもいますから、ちっちゃいのがこっちに来そうになってるのもあんまり気にしてないみたいなのです」

駄目でしょうか。

確かにお散歩は私ひとりでもできるんですけど、せっかくですから一緒がいい。ピヨちゃんは番を見せびらかして得意になってました。私もしたい。

「駄目ですか。したいですのに」

「——っ、っんんっ、　い、いや、散歩な。うん。いいぞ。明日は代官を訪問することになってるが午後だしな。ああ、そうだな。距離もあるし、馬に乗るのはどうだ？」

「うま！」

乗ったことありません！

あの子たちはいつも大人しいし言うことはききますけど、私が近寄るとなぜか後ずさりします。この間の遠征のときだってそうです。じりじりと下がっていこうとしてたから、轡《くつわ》を掴んで「旦那様にしっかりお仕えするのですよ」と言い聞かせたのです。

背伸びしてもなかなか届かないくらいに高かった。あれに乗るからにはどのくらい走って跳べばいいでしょう。

でもきっと高くて気持ちがいいんじゃないでしょうか。

旦那様が馬に乗る姿はいつもぴんと背すじが伸びていて、普段よりももっとつよそうに見えます。あれを私もできるということ！

「馬、いいと思います！」

「お、おう。言っておくが俺と相乗りだからな？」

「えっ……はい」

違いました。でも乗れるのに変わりはありませんからいいです。

旦那様が声をあげて笑ってから、そのまま手を伸ばして私を抱き寄せました。

ソファに横たわる旦那様の上に倒れます。

首の後ろを撫でてもらえて、これも特別に気持ちいい。

「しかし魔物を寄せ付けるほどとは……道理でひどい模擬戦になったわけだ」

「もぎせんとは」

「ああ、護衛たちを詰所に呼んだだろう？　若い私兵とうちの奴らで、んー、戦いの真似事というか練習をしたんだ。こっちが俺を入れて六人、向こうは十五人いたかな」

「十五人では足りないと思います」

「ははっ、その通りにひどいものだった。あれはなー、少し困ったことになりそうだ」

「困りますか。お手伝いしますか」

私がいれば大丈夫だと思うのですけど、旦那様はほっぺとおでこに口づけをくれました。

「いいや。アビーを煩わせるほどのことじゃない。ただなー。せっかくこっちに来て君との時間を増やせると思ったのに、あいつらを鍛え直す時間にとられてしまうかもしれん」

「やっぱりお手伝いしますか！　私ちょうど動きやすい服もありますし！」

「んー、あの服はあいつらに見せたくないから駄目だ」

ちゃんとお洗濯もしてあるし、メイドがぴしっとアイロンをかけてくれてます。

「きれいですのに？」

「きれいだからだ」

今度は唇同士が合わさりました。

旦那様の瞳にランプの明かりがちらちらと反射して夜の空みたいになるから、こっちのほうが絶対きれいだと思います。

7 ししゃくふじんですからおるたのまちをしさつします

ラファエラは仔馬の頃から俺が育てて、降り注ぐ矢の雨も地をえぐる土魔法にも怯まず駆け抜ける胆力がありながら、それでいて人懐っこく気立てのいい馬だ。

戦場では心強く共にあったものだけれど、魔物討伐に連れて行ったことはない。

大抵は森や山の中で行われるから、道の細さや地形が集団での移動を妨げるためだ。ほとんどの馬は魔物に怯えるからでもある。これはどの軍や私兵団でも変わりない。

とはいえロングハーストの森を駆ける時にも、いつもと変わらぬ落ち着きを見せていたラファエラだったんだが。

「うま！　私が乗りますので！　ほら！」

後ずさろうとするラファエラの手綱を、アビゲイルが引く。

その力ではびくともしないし、なんなら振りほどこうと思えば容易いだろうに、ひたすらに自分の気配を絶ちつつ視界にアビーを頑なに入れないよう顔を背けて距離を置こうとしていた。

思えば確かにラファエラに近づけたことはあまりない。アビー自身あまり興味を示さなかったし、連れ立って移動する時は馬車を使っていたからだ。

「う、うーん……」

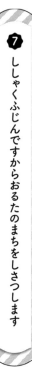

自信満々な堂々とした足取りでラファエラに近づく小鳥を、なんとなく危険はないだろうと見守ってしまっていたけれど。

危険はないな。さすがラファエラだ。

だけどこんな静かに拒否するとは思わなかった。

「アビー、ラファエラだ。名前で呼んでやってくれ」

「ラファエラ」

「ん。ラファエラ、俺の妻のアビゲイルを乗せてやってくれるか」

たてがみを撫でてやれば、長い睫毛に縁取られた瞳が見下ろしてくる。普段は理知的なそれが、今は驚くほどに嫌そうだ。ええ……？

ふぅーっと長いため息を勢いよくついて、ラファエラは後ずさるのをやめた。

「う、うん。いい子だ。ラファエラ――こら。乗せてもらうんだろう？」

ラファエラを撫でる手の下に、自分の頭を割り込ませようとするのを窘める。

そうでしたと引き下がるアビゲイルが着ている服は俺のお下がりだ。やっぱりこれがいいらしい。外門は近くを通るだけだからまあよしとしよう。

アビゲイルを前に座らせてゆったりとラファエラを歩きださせると、とんと反動で腕の中に収まる。

「おぉぉ……」

金色を輝かせているであろうことが、その声音からわかった。高いところ本当に好きだよな……。

しばらく常歩《なみあし》で丘を下りていく。海側は崖だが、陸側は緩やかな丘陵がふもとの林まで続いている。この林に魔物が来ていたという話だったから、まずはそちらに向かえばいいらしい。

海や町とは反対側に続く林は、隣領への街道沿いまで広がりそのまま険しい崖を抱える森になる。この森が隣領との境だ。

アビゲイルのいうこの辺りの森のボスとはここにいるんだろうか。ピヨちゃんの森より面積こそ大きくはないが、切り立った峡谷や崖が人を阻む森ではある。

「ラファエラ、ラファエラはもっと速く走れないのですか」

ラファエラの耳がぴくりと動いて速歩《はやあし》になった。

「おぉぉ！」

賢い馬だから俺が指示を出さなくても空気を読んで走ることもあるけれど、俺のじゃない空気を読むのは珍しい。なんだこれ。

「すごいです。ラファエラはかしこいのですね！」

ふんっと鼻息が答えるのは張り合っているのか気をよくしたのか。両方かな多分。

目当ての林のそばまでつけば、それに沿って進めというアビゲイルの言葉に従った。

この辺りに吹く風は潮ではなく青い匂いがする。

機嫌よく左右に揺れるつむじ、日差しを跳ね返して白く光る葉裏、規則正しい蹄の音に紛れる聞き覚えのない鳥の鳴き声……いや、これうちの小鳥だな。

ちゅるるる、きゅるるると口ずさんでいるアビゲイルの顔は、右手側の林に向いている。

「それは何の鳥の鳴き真似だ？」

「鳥じゃなくてアカナギネズミです。昨日こっちを見てたので教えてました」

「……なんて？」

「私が来ましたよって」

「なるほど」

アカナギネズミなー。聞いたことないんだよなー。

人里近くに来るような魔物が聞いたこともないものだとか、どう受け止めるべきなんだ。

けれどこちら側に来ないよう言い聞かせてくれているらしいのだから、もうそれはそれでいいのだろう。


乗馬は慣れていなければ尻を痛める。

鞍に分厚い毛布の端切れを敷いて跨がせていたけど、そろそろ休憩をさせようかという頃合いに、ずっと楽し気に揺れていたつむじが動きを止めた。

「アビー？　……ラファエラ？」

次いでラファエラの足も止まる。

覗き込めば、ここではないどこかを見つめて静かに揺らぐ金色に息を呑んだ。

すとんと表情が抜けた顔つきは、ここしばらく見せていなかったものだ。

——最近はほんの少しだけ口元を緩めるような笑みが増えていたから。

「ラファエラは怖がるので、ここから少し歩きます」

「危険があるのなら戻ろう」

「危なくはないです。ただラファエラには怖いだけです」

もぞもぞと片足を振り始めたアビゲイルより先に降りて抱き止めた。どうやって降りるつもりだったんだ。勢い良すぎだろう。

いつも通りにすたすたと背すじを伸ばして歩く姿に迷いはない。

目指す場所がわかっている姿の後を、離れずについていった。

気がつけば葉擦れの音が止んでいる。

息をひそめるような張り詰めた空気には覚えがあった。

戦場に出ていた頃、次々と前線を渡り歩く間にいくつもの死に絶えた村を目にした。明らかに人間の手によるものもあれば、とてもそうは見えないものも。

目にはいるものすべてが動きを止めている中で、それでも何かが動き出すのではないか、何かがこちらを見ているのではないかと足元を探りながら進んだ記憶だ。

いつもならアビゲイルを前に立たせることなどない。

今この時も、俺が盾として前に出たい衝動も湧いている。

だがその一方で、それをアビゲイル本人が望んでいないことも、何故だか喉が痛いほどに理解ができた。

だからいつでも即座にかばえる距離で後につくことが、俺にできるぎりぎりの譲歩だ。

ふわりと空気が動いたと同時に生臭さが鼻についた。


「アビ「いました」」

歩みを止めることなく進む先の草むらが、一か所だけ踏み荒らされて色を変えている。

どす黒く濡れた、足首ほどの高さしかない草の葉が揺れていた。

「待てアビー」

サミュエルが飼っているうさぎほどの大きさのそれは、けれどふかふかの毛皮もなくつるりと滑らかそうな肌をしていた。黒い血にまみれていないわずかな部分が、元は鮮やかな黄色と紫のまだらだったことを示している。

全体的に丸っこく頭がどこかもはっきりしないが、短い足らしき部分に不似合いな鋭く太い鉤爪が半ばほどから折れていた。

じっと骸を見下ろしたあと、辺りにゆっくりと視線を移していくアビゲイルの脇に立つ。

「旦那様」

俺を見上げたときにはもういつものあどけなさが残る顔で。

「うん」

「料理長はアカナギネズミを料理したことあるでしょうか」

「ないんじゃないか」

やっぱりこれがアカナギネズミらしい。

アビゲイルはちょっと困ったように眉を下げた。

「私に食べて欲しいそうですし、この子は割と美味しいお肉なんですが、生だと人間の体はおなかが痛くなるって習いました」

「アカナギネズミは毒じゃないんだな？　肉も血も？」

「はい！」

「君が言うならそうなんだろうな。うん。なんとかしてくれるだろう。きっと」

「そうです！　料理長なので！」

素手で持ち上げようとするのを止め、ラファエラの鞍に載せていた毛布をとって戻った。毛布にくるんだそれをまた自分で持とうとしたけれど、俺の心臓によくないからとやめてもらう。

いまひとつわかってない顔で、アビゲイルは頷いた。

◆◆◆

お肉を見た料理長は、ほほぉ！　って張り切ってくれました。

「ちゃんと調べてから使いますのでご安心を」

ほんのひとかけらの肉や血をとってそう言った料理長に、旦那様はほっとしたように笑って頷きます。

きっと料理長なら血の匂いがしない美味しい料理にしてくれるのです。

一応アカナギネズミが割と美味しいほうのお肉だった覚えは確かにあるのですが、料理長ならきっともっと美味しくしてくれるはず。


それからお着替えをして町に向かいました。代官の男爵と挨拶をするためです。

最初、町は少し危ないかもしれないから私はお留守番と聞いていたのですけれど、どうも最近できた町の自警団は結構頼りになるらしいとわかったからって。

男爵は四角いデズモンドをぎゅっと丸くした人間でした。ひょろ長い所長と仲良しだそうです。すごく汗をかいているところまで同じ。

名乗りのご挨拶をしたときは嬉しそうなにこにこだったのですけれど、今はもう額をぬぐうハンカチがびしゃびしゃなんじゃないでしょうか。

「む、息子は下積みを終えて帰郷してからはあまり家に寄りつかなかったんですが……そ、そんなに？」

か細い声で問う男爵に、旦那様は重々しく頷きました。

「そんなにだ。子ども時代に何度か遊んだ記憶は俺にもあるが特に仲良くもなかったのに、随分と俺や男爵の権威をかさにきているようだぞ」

出された紅茶は熱々で、カップを持てないくらいでした。ここのメイドは指がつよい……？

「私兵団のベテランが次々退職しているとは思ってたんです。ですが私もこの不漁や商取引のトラブル続きで手が回らず……いや、言い訳ですね。彼らが自警団を設立して、町を見回ってくれていたことに甘えて後回しにしたんです。なんてことだ……恥ずかしい……」

肩をさらに丸めて両手で顔を覆った男爵の額や耳は真っ赤です。

「男爵がよくやってくれていることは、領主である父もわかってるさ。ただ代々男爵家は文官の家系だ。軍や私兵団の内情を知るのは難しかっただろう。それに」

旦那様はすっとカップを口元に当ててから、おすましの顔ですぐにソーサーに戻しました。そうでしょうそうでしょう。熱いですよね。それ。

氷魔法がお得意の旦那様ですが、熱々のカップを急に冷やすと割れてしまうんです。知ってます。ずっと前ロドニーに怒られてました。

「軍でも最近若い者によく見られる傾向でもある。すぐに指導役が矯正するんだが」

「ジェラルド様とて、デズモンドとは一歳しか違わないではないですか……」

「俺は一足早く前線に出たし役職にも就いた。デズモンドは結局出兵していないし、ドリューウェットも幸い戦地にはならなかったからな」

詰所の私兵たちがよわよわなのは、ずっとこの町が平和だったからだと旦那様はおっしゃいます。

「腕の立つベテランたちが私兵団を辞めて自警団をつくったのは、男爵や所長に忖度したのかもしれんし、呆れたのかもしれん。これから視察の名目で話をしにいく予定だが……難しいもんだな」

「むずかしいです」

お茶をふうふうして冷ますのは、あんまりお行儀のいいことではないと最初に習ったのです。でも冷めない。まだ冷めない。どうしたら……。

「ここの治安が良かったのは、まさに私兵団が身を粉にして勤めてくれていたからではないですか！　それをっ――ほわちゃ！」

がっとカップを掴んだ男爵が叫びました。旦那様は素早く斜め下に顔を俯けます。喉もぼんって鳴ってた。

「熱いですよそれ」

「た、たいへん失礼を――っ、おいっ、なんでこんなことに！　あっ、ロドニー君……すまないね……」

「いえいえー。メイドのお嬢さんも、ちょっと緊張してたみたいですからね。道具をお借りしました」

ロドニーのお茶が出てきました！　しかもすぐ飲めそうな温度ではないですか！　さすがロドニー！


次は自警団の詰所に行きます。

男爵の屋敷から港へ向かう途中の市場にあるとのことなので、馬車を使わないことにしました。ロドニーはいつも通り斜め後ろに、護衛たちは私と旦那様を囲むように歩きます。

市場は前に来たときにも見て回りました。

きらきらの貝を軒先にぶら下げている出店がいっぱいあるところです。くるくるのお肉も！

そう思って楽しみにしていましたのに。

「旦那様……くるくるのお肉が……」

「え？　あ、ああ！　ドネルケバブか。よく覚えてたな……」

忘れるはずがありません！

大きなお肉がくるくる回りながら焼かれているのは、とってもいい匂いで見るからに美味しそうだったのです。美味しかったですし！

布張りの屋根の色だって覚えています。黄色だった！

なのにその場所には何もありません。石畳があるだけです。

よく見たら前は出店がぎゅうぎゅうに並んでいた市場だったのに、なんだかがらんとした広場になってしまっています。出店もあることはありますが、歯抜けのように店と店の間が空いていました。

歩いている人間だってちょっと少なくなった気がします。

「交易船が入ってきてないからな……。店主は確か移民だったようだし、素材がないのかもしれん」

なんてこと……っ！

「いちごあめ！　いちごあめは！」

「ええ？　あ、あー、ロドニー？」

「えー、苺の季節は終わったので「いちごあめもない!?」」

サーモンまでなら我慢してあげようと思っていましたのに！

「どこもくるくるじゃない……くるくるの町なのに……」

私はとてもショックだったのだと思います。

気がついたらいつの間にか自警団の詰所にいて、旦那様が何人もの大きな人間たちに囲まれていました。

「坊ちゃん立派になりましたねぇ！　こーんなにちっさかったのによぉ！」

「お前それ毎回言ってるだろう！」

「かーいいお嫁様まで連れてさぁ！　こないだ来たとき紹介してくんなかったじゃねぇっすか！」

「あんたらがこんなんだからだ！　というか仕事中だろ！」

「オレらもう私兵団じゃねぇっすからねぇー！」

みなさん大きなお口と大きな声で笑って、旦那様の頭や肩を小突いています。

護衛の胡桃もお小さい頃の旦那様をご存じらしいのですけど、こんな風にしてるのは見たことがありません。

　こーんなにって言う人間は、膝よりも低い位置で手のひらの下を向けました。そんなに？　胡桃よりも少し年上に見えますからそのせいでしょうか。

「てか、あんま騒いじゃお嫁様がびっくりしすぎ――お？　おぉ？」

　こーんなにってしてた人間の横に立って高さを確かめました。さっき指してたのはこの辺り、だったたから、わぁ、ちっちゃい！　私の膝くらい⁉　サミュエル様よりお小さいかもしれません！

「……こんなに」

「アビー、信じなくていい」

「えっ」

「この爺さんたちに鍛えられてた頃はそこまでじゃない。というか元気はでたか？」

「元気です」

「お、おう」

　ちょっとショックだっただけです。そういうこともあるのです。

「妻の！　アビゲイル・ノエルです！　よしなに！」

　うっかりしてまだだったご挨拶もちゃんとできました。

　胡桃よりはお爺だけどお爺よりはお爺じゃない人たちは、旦那様より大きくて見上げると少し屈んでくれました。

「これはご丁寧にありがとうございます」

口々にご挨拶と胸に手を当てたお辞儀もしてくれました。

「むさくるしい所ですけど、どうぞおかけになってください」

お爺みたいににっこりした後は、全員きりっとしたお顔になって話し合いがはじまりました。町や私兵団の様子とか、漁や商船の話とか。

本当なら町を見回ったり悪さをする人を捕まえたりとかも私兵団の仕事だそうです。

だけどデズモンドみたいな若い私兵たちは、よその国の商人とかが男爵やオルタの商人と商談するときに同席するような仕事ばかりをしたがっていたと聞いて旦那様はぐったりとなってました。

あいつら外面だけはいいんでさぁって、ちょっと若めのお爺はうぇぇと舌を出します。多分この人は胡桃と同じ年くらい。

「そりゃあね、魔物の異常繁殖《スタンピード》だって、もう何年も起きちゃいない。荒事は随分と減りましたよ。やっぱり金がありゃ人間余裕ができるってもんです。正直オレらも腕っぷしばかりを鍛えてきて、礼儀作法なんざそっちのけだった自覚はありますから……お前らのやり方はとっくに古いんだからすっこんどけとまで言われ「ああぁ?」ってっと、いやさすがに直接言われりゃ叩きのめしまさぁ。こうね、こそこそこそといやらしいったらなくてねぇ」

低い声を出した旦那様に軽く手を振って笑います。

笑ってるけど、さっきまでのご機嫌な笑い方ではありません。どこかイーサンみたいに旦那様を見つめて少しだけ鼻をすすりました。

「だけど……やっぱりドリューウェット家の坊ちゃんだ。変わらないものがあるのはいいもんですねぇ」

「お前らだって変わらずこうして町を守ってる」

旦那様はご機嫌悪い声のままで口を尖らせてそっぽを向いてしまいました。

それからも巡回のペースとか武器の在庫とか話し合いは続きましたが、私のお仕事はいつになってても出てきません。私は何をしたらいいのでしょう。なんでもできますのに。

ロドニーがどこからか持ってきたクッキーとお茶を出してくれたので、かじっていたサーモン・ジャーキーを飲み込みました。

「――よし。こんなところか。予算に関しては以前のように計画書や報告書を頼む。俺も軍の仕事はあるが、イーサンやロドニーがいるしな。一応父からオルタを任されたからには、それなりの待遇は約束する――私兵団の方もすぐとはいかんがなんとかしよう。それまでは町を頼む」

「人使いが荒いのもドリューウェットでさぁねぇ」

今度は全員が嬉しそうに笑いました。


自警団でのお話は、わかるものもわからないものもありました。

予算とかそういうのはわかります。

横からちらっと見た書類の字も汚かったけどわかります。

ロングハーストの村から領主館に来る書類はもっと汚かったし間違ってました。

自警団のはちょっとしか間違ってなかった。後でイーサンのところにそれが来るそうですので、そのとき教えて差し上げましょう。

「すまんな。思ったより時間がかかった。退屈じゃなかったか？」

そろそろ海に日が沈みそうな帰り道、エスコートしてくださる旦那様がおっしゃいます。

まばらだった出店も布の屋根を畳みはじめていて、通りに沿って並び立つ外灯に点灯夫が火を入れていきます。

オイルで灯る火は赤みがかった橙色で、夕焼けに染まりはじめた空とよく似た色をしていました。

私は普段あまり屋敷の外は歩きませんけれど、暗くなってから町を歩くのはお祭りのようで楽しくなります。

「お仕事ですので！　旦那様はおなかがすいていませんか。大丈夫ですか。私はクッキー食べましたけど。あとサーモン・ジャーキーも」

旦那様はお茶しかいただいていませんでした。ずっとお話ししてましたし。

「ああ、そうだな——った、食べてたな」

「旦那様？」

手で口を隠してそっぽを向いてしまった旦那様を覗き込んだら、目が笑っています。

「いや、君のサーモン・ジャーキーを見たときのあいつらの顔、がな」

「全員の分は持ってなかったのです。だから分けませんでした！」

私のですし。欲しいって言われなかったですし。分けられないものをあげたらケンカになるかもしれませんし。

「う、うん。あいつらはそれを食べたら酒も欲しがるからな。やらなくていいんだ。さて、早く帰って食事にしよう」

「はい！」

町の建物はみんな石造りで肩を寄せ合うようにぎっちり建っていて、中には店じまいをしていく市場の出店と入れ替わるように灯りをつけていく店もありました。

高さはまちまちなのですが、どの建物も二階より上は鉄の飾り窓格子や、小さな花が咲くウィンドウボックスで彩られています。

あちこちから笑い声や香ばしい匂いのする煙が流れてきていて、詰所へ行く前に通ったときより賑やかかもしれません。瓶か何かが割れる音もしました。あら？　笑い声だけじゃなくて怒鳴り声もあった。

私と旦那様を囲む護衛たち同士の間隔が狭くなります。

「……アビー。少し急ごうか」

続けてがらがらどんどんと重くて大きな物が崩れて落ちるような音がしました。

私たちは大通りを歩いていたのですけれど、建物と建物の間の細い暗がりから聞こえたと思います。

きっとこれは縄張り争いとかしてるんじゃないでしょうか。森ではよくあったことですけど、人間もするというのは最近知りました。

旦那様は私の腰に手を回して足を速めました。

これも最近気がついたのですが、旦那様は私に争いごとを見せたくないらしいのです。

どうしてなのかはちょっとわかりません。

私はつよいけど、つよいからどっちの味方もしないのに。

それに争いごとを止めたりするのは私兵団や自警団のお仕事です。

さっき詰所で自警団の警らの時間帯は聞きました。私兵団のそれとはかぶらないようにしてるって。だから今くらいの時間は私兵団がしているはずですが、この辺りにはいないみたいでした。

……旦那様は軍にお勤めですから私兵団に所属しているわけではありませんけど、でも私兵団はドリューウェットのものだから、旦那様は私兵団の人でもあるような気がします。

「ということは」

「ん？　なんの続きだ？」

「旦那様は町で縄張り争いしてる人間に、こらーってしなくてはいけないのでは？」

物音がした暗がりの方へ首を伸ばして覗こうとしたら、おでこを旦那様に押さえられました。

「あー……港町だからな。あのくらいの騒ぎならよくあることだ。それに料理長が待ってるぞ？」

「そうでした！」

アカナギネズミは何のお料理になるのでしょう。

あれは魔王のときも生で食べたことしかありませんけど、他の魔物のお肉はどんなものでも村の人間が焼いただけで美味しくなったのですから、料理長が焼いたら絶対もっと美味しくなるはずなのです。

料理長はいつ旦那様がお帰りになっても温かい料理を出してくれるから今日も大丈夫だとは思いますけど、私は楽しみだから早く食べたい。


林の方から覗いてきていたあの子たちだって、食べてあげてって言ってました。

あのくらいの弱さの子たちだと声が小さすぎて、前はあんまり言っていることがはっきりとはわからなかった。

来たよとかそういう簡単なのはわかりますが、こしょこしょこしょってなっちゃうことのほうが多い。でも今はもうちょっとわかるようになったので。

ロングハーストでカガミニセドリたちも、もしかしたらそう言ってたかもしれません。

でもそのときはわからなかったので仕方ないです。そういうこともあります。


旦那様も放っておいていいというのでいいと思います。

私よりおなかがすいてるはずなのですから、私と一緒に夜ごはんを食べる方が大事。

だから外灯に照らされて明るい道の方へと顔を戻します。ちょっと急ごうっておっしゃってましたし、スキップすることにして手を繋ぎ直しました。スキップのときは繋いだ手を大きく振りながらが楽しい。

「ふはっ、アビー？　淑女だろ？」

「あっ」

「それにそのドレスじゃ足元が危ないからスキップは家でな、っと」

私の手をご自分の腕に乗せかえて笑った旦那様は、少し先にある店の扉の方を見た瞬間におすましの顔になりました。

「ジェラルドじゃないか！　奥方とディナーかい」

店から出て来たのは、両手を大きく広げた四角いデズモンドでした。

「王都のように華やかな店などないだろう？　奥方には物足りないんじゃないか。ねえ？」

つんと顎をあげてデズモンドは片目をつぶりました。なんで。ごみが入ったようでもなさそうですのに。

それにデズモンドは知らないのでしょうか。前に入った食堂のスターゲイジーパイはとても美味しかったし、華やかというのはドレスとかお花に使う言葉です。デズモンドはもう少しお勉強をしたらいい。

私に、ねぇ？　って聞いたのに、お返事を待たないでまたしゃべり続けますし。お行儀も悪いです。あとお酒の匂いがすごくします。

「ここは貴族夫人が楽しめるような観劇もできないし。ああ、でもせっかくエリートコースを進んでいたジェラルドがここに飛ばされたのも、奥方のせい――っ」

すいっと前に出たロドニーが、鞘に入ったままの剣先をデズモンドの鼻先に突きつけました。

ひぇっと、デズモンドの後ろにいたらしいもう一人の私兵が声をあげます。

「主、いかがいたしましょう」

「旦那様、かんげきとは」

旦那様に伺いを立てる言葉にかぶせてしまいました。いけません。お行儀悪かった。

「劇場で芝居を観ることだ。そういえば連れて行ったことはなかったな」

「お芝居……領都の収穫祭でやってました！　面白かったです」

大道芸をする道化や手品師が集まった広場の一角に木箱を積み上げた舞台でしていたのを見たのです。お話はよくわかりませんでしたけど、おしゃべりしてると思ったら急に歌いはじめたりするのが楽しかった。

旦那様は私の髪をひと撫でしてからロドニーに答えます。

「クビだ。巡回の当番すらろくにできん奴はいらない」

「嘘だろう⁉　お、俺はお前を思っ「わきまえなさい」――ぎゃっ」

ロドニーはデズモンドの足を払って転がしました。私ならきっと跳んで避けられます。

「アビー、跳ばない」

「はい！」

おうちに帰ってからですね！

護衛から二人が外れて、デズモンドをひきずって連れて行きました。そのまま巡回も代わりにするそうです。

私たちが乗ってきた馬車を止めてある場所まで、すぐ近くにもう来ていました。

ちょうどそのとき物音がした暗がりからひとりの人間が転がり出てきたのですが、小さく悲鳴をあげると一目散に走って逃げていきましたので、そのまま馬車に乗り込みます。

だけどその後ろ姿に見覚えがある気がして、ずっと馬車の中でも考えてたら思い出しました。

あれ、ロングハースト伯爵です。

思い出せてすっきりした！

8 くるくるのまちにはくるくるのおかしもありました

アカナギネズミは油で揚げられていました。

ぱちぱちと脂のはじける皮には薄い衣がついていていてナイフをいれると透明な肉汁が、肉の下にある炒め玉ねぎをつやつやさせます。

添えてあるタルタルソースも一緒にフォークに載せてひと口頬張ると、甘みのあるお肉がぷりっとしてて、でも柔らかくて！　酸味とまろやかさがちょうどいい加減のソースもぴったりです！

「さすが料理長です！」

やっぱりとっても美味しくなりました。

旦那様もお気に召したようで、料理長に労いの言葉をおかけになりました。

「魔物肉は風味が荒々しくて好き嫌いがわかれるもんだが、これは癖がないのに濃い味わいだけがあるな……アビー、アカナギネズミは草食か？」

「はい！　さすが旦那様。アカナギネズミの好物はネナシヅタです」

「ん。ネナシヅタはどんな植物なんだ？　アカナギネズミがいるってことはこの辺りに自生してるんだろうがどれだろうな……」

旦那様はお肉に添えられているベイクドビーンズを口に運んで首を傾げました。

ネナシヅタは体の大半が土の中ですから、あまり目に留まることもないのでしょう。

「ちょっとしか地面から手を出していないんですけど、カエルとかトカゲが好きな草です。アカナギネズミはカエルを飲み込んでぱんぱんになったネナシヅタが好きなのです」

私も手でネナシヅタの動きを真似してみせます。

こう、にゅるっと土の中から手を伸ばしてぱくっとするのです。

にゅるっと。ぱくっと。こう！

「草食……？」

「草ですから」

ソテーしたにんじんにフォークを刺します。

ちっちゃいにんじんの形をしたにんじんは、こっくりとしたバターの匂いと一緒にほにゅっと口の中でほどけました。

「お、おう。じゃあアカナギネズミは人を襲う魔物ではないんだな……アビー」

「はい」

「魔物を人間は恐れる。見たことがないならなおさらだ。俺は領主一族として、魔物が人間の生活圏に現れるようなら討伐させなくてはならないんだが」

ボスは縄張りを守るものですから、それは当たり前のことです。

ほこほこのおいもが口にいたので頷きを返しました。はしっこのバターが染み込んでるとこ、美味しい。

「俺としてはな、人を襲いもしない魔物をわざわざ討伐する気はない。アカナギネズミはもう林から出てこないんだな？」

「今日はそのためにお散歩しましたので！」

「そうか。ならいい。後はうちの敷地内で勝手に狩りをした愚か者を見つけ出すだけだな。まあ、十中八九私兵団の奴らだろう。だとしたら報告が何ひとつあがってないのも問題だし、そうじゃなければ外部の人間の侵入を許したということだ。どちらにせよただですますつもりはない」


旦那様の予想は大当たりです。

魔物はにんげんの区別などつきませんし、アカナギネズミも勿論そうなのですが、あの子たちは言っていました。


林の中に入って来るにんげんたちはみんな赤かったって。

それは私兵の制服と同じ色です。

あの子たちは林の中から見てはいましたけど、出て来てはいません。

私兵はわざわざ林に入って、食べもしないのにあの子たちを引きずり出したのです。

あの子たちはさっさと元の場所に戻ればよかった。

なのにこんな近くでうろうろしてたのだからつかまっても仕方ありません。

弱いものが強いものにやっつけられるのは仕方がないことです。


でもアカナギネズミが弱いのはまだ子どもだからです。

大きくなればマダラメモグラになります。

旦那様より二回りほど大きいでしょうか。

大きいから動くのが嫌いで土の中の巣からはあまり出てきません。その代わり足の速いアカナギネズミに餌をおびき寄せさせます。

おびき寄せられた餌がマダラメモグラより弱ければ食べられる。

それも仕方がないことです。


ごはんはきれいに食べ終わりました。

旦那様は私よりちょっと多めにごはんを食べますけど、いつも同じタイミングで食事を終えます。そしてデザートが運ばれてきて――。

「あ！　くるくる！」

「ぶふっ」

薄黄色のスポンジに茶色の線が切り株の年輪のように入った模様をしたリングの形をしたケーキです！

フォークをいれると、外側にある半透明の皮がしゃりっとしました。砂糖の皮！　スポンジはしっとりとしていて！　しゃりっと！　しっとり！

　あっ、これ、くるくるの模様にそって剥がれます。茶色の線を狙ってつついたらぱこんって！

わあ、ほんとに中までくるくるです。

「んんっ、くるくるの町だからな」

「はい！　やっぱりくるくるの町でした！」

旦那様も楽しそうに笑っています。

　とってもきれいに剥がれるのは楽しい。

「こっちに来たらもっと自由に楽しませてやれると思ってたんだが……あいつらを鍛え直すなり挿げ替えるなりしてすぐに落ち着かせるから、もうちょっと待っていてくれな」

「私はいつも楽しいです」

「ははっ、そう言ってもらえると助かる。交易港だからよそ者の出入りも激しいが、地元の住民は団結力が強くてな。町や私兵団が本来の姿に戻れば、ドリューウェットの人間に下手な手出しをする輩など蹴散らしてくれるだろう。ああ、あいつはあんなことを言ってたが、芝居小屋もあるぞ。多分王都の劇場より君は楽しめると思う」

　あいつとはきっと四角のことです。

旦那様はずっと王都でお仕事をしていましたけれど、ドリューウェット領が大好きなのです。

だから私がお手伝いをするととても喜んでくださったのですし。

　オルタは旦那様がお小さい頃からよく遊びに来てたそうですから、ここのことも大好きなのだと思います。

前に来たときもいろんな人間がいっぱいいて楽しいって私も――あ。

なるほど！　わかりました！

「いろんな人が出入りするからロングハースト伯爵もいたのですね！」

「――今なんて？」

◆◆◆

驚かされるのは毎日のことだけれど、今夜のこれは種類が違う。

「さっきいました。汚れてましたし最初わからなかったんですけど」

「さっきって⁉」

バウムクーヘンをちまちまとはがしながら食べ続けるアビゲイルはご機嫌だ。くるくるだもんなー従者を走らせた甲斐があったよなー。だけどそれはもうちょっと詳しく聞かせて欲しいよなぁ！

「その、ロングハースト伯爵って、あれだろ？　元伯爵だろ？　君の、その、父親の」

「うっかりしました。元でした」

「あ、うん。あれはもう亡くなったってことになってるんだが」

「……ああ！　そういえばそうでした」

丁寧にはがしていく手は止まらない。

「いろんな人間て、本当にいろいろなんですね」

「いやいや待て待て待て……間違いないいんだな？」

念を押せば、一瞬フォークを止めて首を傾げたのは思い起こしているのだろう。

「思いだすのには時間がかかりましたけど、あれは元伯爵です。あのがらがらどっしゃんって音がした暗い方から出てきたんですけど、目が合ったらひぇって言いましたし逃げていきました」

ロドニーが静かに食堂から出ていくのが視界の端に映った。

婚姻の届に署名をしたのは軍の執務室だったから、伯爵と直接顔を合わせているのはロドニーだけだ。

出せる人員をかき集めて捜索の段取りを組みはじめているはず。


伯爵の遺体は性別すらもわからないほどの状態で発見されているが、所持品でそうと判定されただけにすぎない。その上アビゲイルが断言するのであれば、生きていた可能性はかなり高い。

豊かさで知られていたロングハーストだ。

今の状態になって随分経つのだから、平民でも商売を営んでいれば間違いなく耳にしている。

つまりそこそこ知れ渡っているということ。

なのに名乗り出なかったのなら、あれは意図的な失踪であり逃亡だったとみえる。

「見つかれば背信行為の犯罪者だ。そりゃ恐怖で悲鳴もあげるだろうな」

一度会っただけだが、凡庸な小物という印象しかない。

領地を預かる貴族の責任を放り出す度胸があったことに驚くくらいだ。

「そうなのですか。伯爵は前から私のことが怖かったみたいですし、てっきりさっきもそのせいだと思ってました」

「……君のことが？」

「はい。いつも目を合わせないで知らんぷりしてましたけど、伯爵は私が怖かったのです。私はつよいですから」

また得意げに顎をつんと持ち上げるのだけど。


ロングハーストの手勢が一枚岩でないことはすでにわかっていたことだし、中でも後妻である元伯爵夫人のブリアナや筆頭補佐の男爵は金瞳を道具とみなしていた派閥だ。

今も軍の地下牢で処刑を待つブリアナは、金瞳という魔物を有効利用できる自分たちは優れた者なのだと喚き散らしていた。

『は？　虐待？　生かさず殺さずが上手く使うコツというものでしょう？』

尋問官が携える道具に怯えを含ませながらも。

『だから！　私らならいくらでも上手く使えるんだってば！　その方が得に決まってるだろうさ！　なんでわっかんないの⁉』

傲慢な命乞いを繰り返す姿には吐き気しか湧かなかった。

次に俺を呼ぶのは処刑のときにしてくれと場を辞したのは記憶に新しい。

やっぱりあの捕縛したときに殺しておけばよかったのだと後悔もした。

そのブリアナや手下どもからは、伯爵は、というか、伯爵家の血筋の者は魔物の利用に消極的であったと証言があがっている。

その割に領の仕事を押し付けていたわけだが、それもどうやら派閥間の力関係によるものだったようだ。

以前に将軍から知らされたアビゲイルの婚姻相手を探す伯爵の挙動の理由として、筋が通らないわけでもない。

曰く、先祖から伝わった勇者の絵本とともに語り継がれたのであろう金瞳の魔物が、ひたすらに怖かった。

曰く、自分たちで陥れた魔王の復讐を、ただ恐れて遠ざけたかった。

あちこちにちりばめられた情報の欠片から浮かび上がるのは、そんな無様としかいいようのない光景だ。

だがそもそもあの領の奴らの行動原理など理解したところで、何の役に立つだろう。

ましてやとうに死んだ人間のこと。

だからそれ以上深く掘り下げる必要は感じてなかったのだけれど、まだ生きているとなれば話は変わる。

「弱いものは強いものを恐れます。そういうものです」

君は何もしちゃいないのに。

ご機嫌なままのアビゲイルから、元伯爵の服装などを聞き出した。

意識がすっかりバームクーヘンを剥がす作業に向いていたから、はっきりとしたものにはなかなかならなかったが、イーサンのとっていたメモがロドニーの下へ行くだろう。

靴下の右が緑で左が青だったとかひと目でわかりにくいとこだけはっきりしてるんだよな……。

もさっとした帽子ってなんだ。

「アビー？」

「ねてませんっ」

湯あみを終えたアビゲイルの髪を魔法で温風を出して乾かしていたら、頭がぐらぐらと揺れはじめた。

今日は朝から乗馬もしたし疲れたはずだ。珍しく昼寝もしていなかったのは、気分が高揚していたせいもきっとある。

赤髪に手櫛を通してその手触りを確かめ終えると、そのまま腕の中に体ごと収まった。あっぶないな。後頭部から真後ろに倒れてきたぞ。すぴーと間抜けな寝息が安らかだ。

横抱きにして寝台へ運んで寝かせ、その横に滑り込んだ。

より深く沈んだ俺の体の方へころりと転がってくる小鳥の首の下に腕を通せば、ぴったりといつもの定位置で止まる。


明後日には基地での仕事がはじまってしまう。

本当なら明日は一日遊んでやりたかった。

ボブ爺が手をつけだした遊具を見るのもいいし、また砂浜で散歩もいいだろうと思っていたのに。

少し前までのオルタなら元伯爵はすぐに見つけられたはずだ。今は少し時期が悪かった。自警団のジジィたちでも手こずるのが予想される。私兵団のあいつらでは期待するだけ無駄というものだから数に入らない。

詰所の牢につっこんだままのデズモンドやその取り巻きを筆頭に、私兵の選別をするのにどれだけ時間をとられることか。昼前に終えられれば、日課の仕事をこなしてアビゲイルと過ごせるだろうか。

そう明日の段取りを考えながらまどろんでいたのに、ガラスが派手に割れる音で跳び起きた。

屋敷のどこかどころじゃない。この部屋からだ！

掛布でアビゲイルの頭を覆い、ベッドサイドに立てかけていた剣をとって構える。

「〝切り裂け〟」

詠唱だけで解放はせず、急速に回転する風を手のひらの上に留める。

ガラスの音だけじゃない。何か重量のある物を床に叩きつける音が不規則に響く。

ばたばたと吹き込む風に翻るカーテンが、月明かりを招いた。

寝台からは少し離れた掃き出し窓の桟が折れ、絨毯に飛び散る破片がきらめいている。


…………？


「主！」

飛び込んできたロドニーが急停止した。

床でのたうち回る影は、びたんびたんと湿った音を立て続けている。

「あっ！　サーモン！」

かぶせられた掛布と格闘してからぴょこりと顔を出したアビゲイルの嬉しそうな声が上がった。

「わー！　サーモンです！　ね！　サーモン！」

寝台の上で飛び跳ねてその勢いで駆け寄ろうとするアビゲイルの腕をとりあえず掴む。

「い、いや、危ないから待て、あれ？　サーモンだから？　いやでも」

「いち、にー、さんびき！　三匹います！」

「お、おう？？　ああ、ガラスの破片あるから、な？　ちょっとそのままそこに、ええ？　サーモン？」

「主しっかり！　それマグロです！」

お前もしっかりしろロドニー！　そこじゃないだろ多分！

◆◆◆

サーモンじゃありませんでした。

寝室に飛び込んできた魚はマグロでした。

思えば私はまるごとサーモンを見たことがなかったのです。マグロもですけど。

立てれば私の身長と同じくらいありそうで、いえ、ちょっとだけ私より大きいかも？　元気よく尻尾で床を叩きながら跳ねてる三匹のマグロを捕まえようとしたのに、周りにガラスがあるからって近寄らせてもらえませんでした。

旦那様とロドニーが一歩近づいては一歩下がっているところに、続々と護衛たちも現れて、不審者なしとか言いながらもやっぱりマグロに一歩近づいては下がるのを繰り返します。

それからずいっと出てきたのが料理長です。思わずといった感じで笑い声をあげてから、旦那様に氷魔法をお願いしました。

「お、おう。そうだ、な？　〝凍てつけ〟」

ぴきんと凍ったマグロを、護衛たちが手分けして部屋から運び出します。

氷で一回り大きくなったマグロは毛布や敷布にぐるぐるに包まれてさらに大きくなっていて、そのマグロ一匹につき四人です。護衛だけじゃ足りなくて従者たちもお手伝いしてました。

私もしようと思いましたけど、私まで旦那様に掛布をぐるぐるにされてましたし、ベッドから降りたら駄目って。

「いやまあ、こっち側は海に面してるし外部の人間が入り込むのは難しいだろうからな……」

「マグロを投げ込む不審者……不審でしかないのはそうなんですけどねー……」

旦那様とロドニーが困ったお顔でベッドの横に立って、私をちらっと横目で見ました。降りてません。

「あらまあ、奥様！　それじゃ息苦しいではありませんか！　坊ちゃまときたらもう！」

掛布のぐるぐるは、タバサがショールと取り換えてくれました。

メイドたちが飛び散ったガラスを片づけはじめます。タバサは靴も用意してくれたので、やっとベッドから降りられました。

「タバサ、あれはマグロっていうのだそうなんですけど、屋敷のみんなで食べるのに足りますか。おっきいから一人一匹なくても大丈夫だと思うんですけど、でも三匹しかいなかった……」

前に川で魚を獲って焚火で焼いたときにも、骨とか人間は食べないところがありました。もしかして食べられるところはそんなに多くないかもしれませんし。

「屋敷のみんなで食べたいってちゃんとお願いしましたのに、あの子は数をかぞえるの苦手なのかもしれません」

「――っ奥様は、お、優しい。んふっ。……大丈夫でございますよ。料理長も腕を奮ってくれるでしょう。楽しみですね」

「はい！　料理長ですから！」

よかった！　もう一度お願いしなくてはいけないかと思いました。

「あの子ですってー……」

「あの子かー……やっぱりそうだよなー。アビー？　一応確認するけど」

旦那様は壊れた窓の向こう側に送っていた視線を私に戻しました。

「このマグロは海のボスからの贈り物か？」

「私はサーモンをお願いしたんですけど、間違えたんでしょうか……。あ！　旦那様はマグロお好きですか⁉　私は食べたことないと思うんですけど！」

　確かないはずです。料理長はいつも厨房でどれが何のお料理になるのか教えてくれますし、今までマグロはなかった。

「旦那様がお好きじゃないならとりかえても「待て待て、好きだ。好きだから」よかったです！」

　マグロはとても大きな魚ですし、川で獲った魚みたいに串刺しにして焚火で焼くのは料理長でも難しいかもしれません。

　でももしかして料理長ならいけないこともないような気がするので、後で確認はしておきましょう。

「旦那様は丸焼きがお好きですよね」

「そこにこだわりはないから気にしなくていいぞ。それよりな」

「はい」

「贈り物を家に投げ込むのはやめるようにお願いしておいてくれないか」

　確かにそれはそうです。

　寝室の窓は枠が砕けてますから、まるごと取り換えないといけなくなってしまいましたし。

「マグロの丸焼き……っ」って言いながら壁に張りついたロドニーは、タバサにお尻を叩かれています。

「お任せください。サーモンのときは私が船で獲りに行きます」

「あー、やっぱりサーモンも欲しいんだな。そっかー」

メイドが私の部屋が整ったと報せに来たので、旦那様と一緒に部屋を移りました。

整えたといっても元々私の部屋も綺麗に片付いていましたから、どこを整えたのかよくわかりません。

でも多分色々あるのだと思いながら部屋に入りましたら、金剛鳥のぬいぐるみやベッドサイドのお花の飴も、いつの間にか私の部屋に移されていました。なるほど。さすがノエル家のメイドたちです。

やっぱり屋敷のみんなの分のサーモンをお願いしておいてよかった。マグロでしたけど。

こっちのベッドは使ったことがなかったのですが、ちゃんとふかふかで旦那様と一緒でも窮屈ではなかったからいつもと同じによく眠れました。

朝ごはんはマグロではありませんでした。

熟成が必要だと料理長は言うのです。知りませんでしたけど、美味しく食べるためらしいから仕方ありませんし、それはいいのです。

ですがあれからすぐ池に放り込んだら生きてたって護衛たちが教えてくれて、私も見たかった。

寝ている場合ではなかったのです。

　それからすぐに料理長が下ごしらえして氷室にいれたというので、もう見ることができません。大失敗です。

　がっかりして厨房の私の席に座りましたら、料理長が私を呼びました。

「オムレツつくりますよ」

　オムレツをつくるのを見るのは好きです。

　たまごがとろとろってなってふわふわのがくるくるっとなって！　フライパンでぽーんってて！

「ぉおーぉ……っ」

　今朝も料理長の技はすごかったし、オムレツも美味しかった。


　旦那様は私兵団の詰所へお仕事に行ってしまいましたから、私もイーサンのお手伝いをします。

「引っ越しも滞りなく済みましたし、先に到着していた者たちもよく準備してくれていましたから、地元の商家との取引も予定通りです。まあ、港がこの状況ですから多少物価は上がっていますが、今のところ許容範囲内と言えるでしょう」

　イーサンは帳簿や修正された予算表も説明しながら見せてくれます。

　間違っていることなんてありませんし、予算の組み方を前に教えてくれたときだってとってもわかりやすかった。

　だからいつもあっという間に終わってしまいます。でも今日はもう一度直してもらわなきゃいけません。

「漁にはもう出られるようになりましたから、ここと、この辺の修正はいらないと思います」

「……なるほど。出られるようになりましたか」

イーサンは私の方を向いたまま後ろ歩きで足早に扉まで近寄って、ささっと書き付けたメモを廊下で待つ従者に渡します。

イーサンは魔王と違って後ろに目がないのに後ろ歩き早い。

私はアビゲイルになってからは後ろ歩きできなくなったのに。

「はい！　ボス争いは昨日の夜に終わりました。マグロはそのお祝いです。あと」

「はい」

「よく来てくれたねーって歓迎？　あ、それと、こっちの事業のほうの取引も進むから、えっと」

屋敷内のことだけではなくて、旦那様が任せられているドリューウェットの事業もちょっとだけお手伝いします。

これは慣れるまで少し時間がかかったかもしれないけど、今はもうイーサンも褒めてくれるようになりました。

「――さすが我が奥様でございます」

私はお勉強が得意ですので！

私の分のお仕事が終わると、イーサンは書類の束の端をとんとんと整えます。

「以降の処理はお任せください。それと先ほど主様より連絡がありまして、少々私兵団の予定が狂っているらしく昼食はご一緒できないとのことでした。昼食まではまだしばらく時間がございますが、いかがなさいますか？」

「旦那様はお昼ごはんを詰所でいただくのでしょうか」

「ええ。厨房でもそのように支度しておりますよ」

「私がお届けしたいです！」

「ではそのように」

訓練できるようにお着替えをしようと思いましたのに、今日は訓練してませんよって止められました。あとお洗濯したからまだ乾いてませんって。

だからお昼ごはんをバスケットに詰めるお手伝いをしました。パンに葉っぱを挟むのもしましたので、私がつくったお弁当です！


詰所は昨日来たときよりも人間が多かったと思います。

護衛でついてきた胡桃が正面玄関の扉を開けると同時に、ホールのあちこちで頭を抱えてしゃがみ込んでる人間が何人もいたのです。ここからは見えませんが、旦那様のいるお部屋の方から大声も聞こえます。

「奥様？」

「旦那様はあっちのお部屋にいます」

私は旦那様がどこにいるかわかりますから、そのまま向かおうとしたのですけど、護衛たちは素早く私の前に立って先を進みました。

「ああ！　奥様！　どうか奥様からもジェラルド様に――っんぐ」

さきほどまで旦那様のお部屋で大声をあげていたらしき人間が、よろよろとこちらに向かってきましたが、胡桃がその人間の頭に腕を巻き付けて止めました。

「奥様がお気になさる必要のない者ですよ」

「はい！」

胡桃がにっこり笑ってその場にとどまるようでしたので、他の護衛が代わりに前を進みました。

「奥様。お待ちしておりました」

ノックに応えて部屋の扉を開けたのはロドニーです。

中からは旦那様の驚いた声が聞こえました。

「旦那様！　お弁当を私がつくりました！」

後ろについていた護衛からバスケットを受け取って部屋に入ると、旦那様がぱっと笑顔になります。

旦那様がうれしそうにすると私も楽しくなるから好き。

「ありがとう。今日はちょっと立て込んでいたからな。――来るときに嫌なことはなかったか？

ああ、何人かクビにしたからな。今もすれ違ったんじゃないかと」

嫌なことって言われても、すぐにはわかりませんでした。

執務机にバスケットを置いて蓋を開ける手が止まってしまいましたが、廊下ですれ違った人がいたのをすぐに思い出します。

「ここで大きな声を出していた人ですか。何かお願いしたそうにしてましたけど胡桃が気にしなくていいいって言ってました」

「ああ、そうだ。君は気にしなくていい。美味そうだな。一緒に食べるだろう？」

「はい！」

クビっていうのはもうお仕事にこなくていいってことです。

お仕事しない人はいらないって旦那様は昨日おっしゃっていたので、あの人間はお仕事をしなかったのでしょう。

「私はさっきまでイーサンのお仕事をお手伝いして褒められました！」

「おう。さすが俺の妻は勤勉で有能だ――んん？　……一応言っておくけど、君はたとえ仕事をしなくても俺の妻に変わりないからな？」

「知ってます！　旦那様は私が可愛いので！」

旦那様は両手で顔を覆ってしまいました。

「う、うん。わかってるならいい――っ」

部屋には私兵がまだ四人ほどいたのですけど、ニヤニヤしているロドニー以外は何度も私と旦那様の顔を見比べています。

……あら？　お弁当足りるでしょうか……。

「んんっ、今日の午後以降の方針はさっき話した通りだ。報告もないまま姿を見せなくなった奴らもクビでいい。今回のみ脱走兵の捜索より体制の立て直しを優先させる。行け」

私兵たちは揃った声で返事をして部屋を出て行きました。昨日は見かけなかった人間たちだったと思います。お弁当は足りなくならなかった。


パンには葉っぱだけじゃなくて、たまごやお肉だって挟まっています。あとハムとかもです。色々あるほうが楽しいですから。

「旦那様、美味しいですか。その葉っぱは私が挟みました」

「ああ、美味いな」

「旦那様が美味しそうだと、もっと美味しくなる気がします。だから一緒にごはんをするの好きです」

「ごほっ――う、うん。あれだ。明日からしばらくは着任したばかりだし、少し遅くなるかもしれんが、その、なるべく早く帰るから。夕食は一緒にとれるようにするからな」

「はい！」

さっきキッチンメイドとお弁当をつくるお手伝いをしたときにお話ししたことだったのですけど、旦那様にも言っておくといいって教えてもらったのです。きっともっと一緒に食べてもらえるようになるって。

やりました。教えてもらった通りです！

食べている間にも何度かノックはされたのですけど、ロドニーが扉を少し開けてお返事していました。

いなくなった私兵たちはデズモンドの部下だったようです。

デズモンドが牢に入れられたから逃げたのかもしれないとか、宿舎の荷物がそのままだとか。何度もそんな報告に来るうちに、ロドニーの笑顔が扉を閉めるたびにすとんとなくなるようになりました。

扉を開けるとまたおすましのにっこりをするから面白かった。

アカナギネズミは最後に餌をおびき寄せてから、おなかいっぱいになって満足したマダラメモグラと一緒に引っ越していきました。また遊びにくるねーって。

私の縄張りだってわかったからです。

「旦那様」

「ん？」

「ここは私の縄張りですよって、みんなわかったみたいなので、えっと」

壁に張ってあるオルタの地図を指差して、隣の領の間にある森の辺りをなぞります。

「ここから、ずうっとこの辺まで、魔物が棲むことはもうありません。たまにちっちゃいのが私を見に来るのはいるかもしれませんけど、見に来るだけです」

「そうか。うん。助かるな。――ありがとう」

旦那様は魔物が人間の縄張りに来たら討伐しなくちゃいけないっておっしゃってました。

だから来なければ討伐しなくていい。

どこのボスも自分の縄張りに棲む魔物がなるべく人間の縄張りにいかないようにはしています。

魔物と人間はルールが違うので、別々に暮らすのがいいのです。

「でも海のボスは近くまで来られませんので、午後は私が遊びに行ってきてもいいですか」

「んんー！　それはもうちょっと詳しく教えてもらおうかな！」

9 おねだりのやりかたはいろいろいっぱいあるそうです

海のボス争いが終わったらしいとイーサンから伝言は届いていた。

それが確かならおそらく今頃は毎日沖に調査へ出ている船乗組合も、海流の荒れが収まっていると気がついた頃だろうか。

いや、確かなのは間違いないな。アビゲイルだから……。

なんにせよ、早急に対応しなくてはならない案件がひとつ減ったということだ。

うちの事業に絡んだものの調整はイーサンに任せられる。

商取引が通常の状態に戻れば、荒みかけていた治安も追って落ち着くだろう。

後は私兵団を鍛え直しつつ、自警団に流れた者たちの中から希望者に戻ってもらって、体制が整いさえしたら、ロングハースト元伯爵も早々に捕らえられる。

元伯爵のことは一応基地にも通報を済ませてあるが、捜索についてはあまり期待できない。軍は港に分室を構えているだけだからだ。奴を捕らえてから王都へ移送するときが出番となる。

王都だって治安は悪くなかったのに、つい最近までアビゲイルの外出を気軽にさせてやれなかったのはロングハーストの輩の動きを警戒していたからだ。

その懸念も減ったことだし、このオルタでならもっと色々な景色を見せてやれるはずだった。

どこに連れて行ってやろうか、何を見せてやろうかと正直かなり、いやものすごく、楽しみにしていた。

それはもうアビゲイルよりも楽しみにしていたとも！

なのにこれだ！

次から次へと予定はどんどん後ろ倒しになっていく！

アビゲイルはマグロで喜んでいたけどだな！


「歓迎のマグロをやったから遊びに来いと？　海のボスが？」

「あの子はおっきいから港に入れませんし」

「うん。来られても……ちなみに大きさってどのくらいだ」

ほんのわずかに眉を寄せて立ち上がり、両手をいっぱいに広げるアビゲイル。両足も肩幅以上に開いた。

「前に乗った船よりおっきいです！」

「なるほど」

なんだろうなー。あのロングハーストにいた竜よりもでかいよなー。海だからかー？

まず今まで漁に出られていなかった船や留め置かれていた商船が、稼ぎを取り戻そうと一斉に動くだろうから邪魔はできない。

そう話せば案外すぐに納得をしてくれた、と思いきや。

「お仕事は大事です。泳ぐの、は……駄目です。わかります」

ちらっと上目遣いで見上げられてもな！

でもそれは駄目というより無理だからな！

泳ぐって！　くっそ可愛いな！

俺は君が行きたがればどこにだって連れて行ってやりたいと！

そう思ってるんだけどな！

さすがに得体のしれない魔物がいるところに、しかも逃げ場のない船で連れて行くだとか空恐ろしい真似をできるはずもない。

「あー、それに軍の仕事がはじまるから」

「はい。だから今日の午後ならと思ったのですけれども」

少し口をとがらせ、わずかに視線を泳がせている。

……すごく考えてるんだろう。

「サーモンじゃなかったけどマグロくれました、し？」

「う、うん」

反応を探りながら首を傾げられてもだな。

「お礼は大事だって義母上から教わりました、し？」

「……そうだ、な」

習ったことは実践したいんだよな。いつもそうだもんなぁ……。

「はい！　あと！　前に旦那様と船に乗ったのが楽しかったので！」

俯きかけていた顔を、ぱっと嬉し気にあげていそいそと俺の膝の上にきた。

あー！　もー！

「……ボスは君を絶対襲わないいな？」

「はい！」

まあ、そうだろう。貢ぎ物をあれだけ豪快に捧げてくるくらいだ。

俺も大概慣れてきたというもので、魔物がらみならアビゲイルに危険はないだろうと理解している。

だから安心できるかといえば、それはもう、全く安心はできないんだが。

「船も？」

「はい！　意地悪したら私が怒ってあげますので！」

「お、おう……。それはそれとしてだな」

俺の両腕を自ら腰に巻きつけさせるのは、それはなんだ。誰に教わったんだ。またメイドの誰かか。

「ここが私の新しい縄張りですので！　お隣さんに番を紹介するのです！」

「ロドニー……次の休みは」

「五日後ですねー」

食後の茶を出すロドニーの手が若干震えている。

仕方ないだろ！　無理だろこれ！


ボスは待っていてくれるのかと聞けば、数を数えるのが苦手そうだから多分わからないはずだと自信満々な答えが返ってきた。

だけどマグロが三匹なのは、わかっていて三匹なんじゃないかって気がしてならない。

料理長は張り切っていたが、普通は一匹でも屋敷の人間だけじゃ持て余すはずだ。いやでも料理長ならいけるのか……？　本当か……？

「一度で消費は無理に決まってるでしょー。だから主に凍らせてもらったんじゃないですかー」

「あ、やっぱりか？　じゃあ本当に数に弱いのか……」

確かに下ごしらえをした後に、また頼まれて結構な量を凍らせたんだが……。だよなぁ。無理だよな。

「っもー！　やめてくださいって！　数に弱いボスとか妙に腹に来るんですよ！　もー！」

ロドニーは思い出し笑いにわき腹を押さえている。

「ボスと会話できるのは当然奥様だけなんで、まあ奥様が言うなら待っててくれるんじゃないですか」

アビゲイルを屋敷へ帰らせ、五日後に出す船の手配を含めた諸々をこなした後で、俺たちは詰所の地下へ向かっていた。

他愛無く緩い会話も、薄暗く湿った地下では不気味に響く。

そんな俺たちの声に気づいた奴が、いくつか並ぶ牢のうちのひとつから呼びかけてきた。

「なあ！　ジェラルドだよな！　ジェラルドだろ！」

デズモンドとはもう何年も会ってはいなかったのに、なんだっていつまでも親し気なのか。

そもそも子どもの頃だって特に仲が良かったわけでもない。

そりゃあ遠いとはいえ親戚だし、家同士の付き合いもあるから無下にすることもなかったが、それでもその程度だ。

うちは一応国内有数の大貴族なんだ。似たような関係で同じ年頃の親戚などたくさんいる。

「……ハイドン嬢といい、主って妙な輩にほんとつきまとわれますよねー」

そういえばパティとかいうのもいたな……。母方の親戚筋ではあるが、あれもひどかった。

「俺のせいみたいなのやめろって……それに昔はここまでじゃなかったと思うんだがな」

「なあ、ジェラルド。いつまでここにいなきゃいけないんだよ」

「コレット家は他の兄弟がまともでしたからね。主の前でおかしな言動をしそうになると兄弟が引きずっていってました」

「お、おう。そうだったか……」

「ジェラルド！　悪かったって！　あれだろ酒を飲んでたのは悪かったから！」

そう言われてみればそんな記憶がうっすらとよみがえる。確か仲のいい兄弟なのだとばかり思ってたな……。

「まあ、主をわずらわせないのも家臣の務めなんでー。あそこの兄弟はその辺わきまえてましたから、オレも手を出さないですみましたよ」

一応オルタを任されるくらいだから、コレット男爵家は分家の中でも上位の家だ。それでもロドニーが手を出しかけたのなら相当なものだろう。

「なあ！　謝ってるだ――」「〝雷火《らいか》閃《ひらめ》け〟」ぎゃっ⁉」

細く小さな稲光が檻の鉄棒を舐めるように絡み、デズモンドの指を弾いた。

「やっぱり雷はコントロールしにくいな」

「その詠唱で適度な威力に収められる人間もそういないですけどね」

雷魔法はかなり難易度が高い。

アビゲイルは詠唱関係なしで即座に発動させるけれど、あれができる人間はまずいないだろう。

そもそも詠唱なしで発動ができない。

俺もかなり鍛錬は積んできているが、なかなか満足いくものにはならないものだ。

「なななにをなんでそんな」

「実戦にはまだ使えんな」

「実験かよ！　話聞いてくれって！」

「ほんと目標高いですよねー」

「夫としては後れを取り続けたままでいられんだろ。――さてデズモンド・コレット。お前は自分の罪がまだわかっていないらしい」

小さな傷がいくつも血をにじませる指先をこすりながら、デズモンドは肩を震わせた。

「わ、悪かったよ。でも一杯だけだ。食事に合う酒の一杯を飲むくらい当たり前じゃないか。みんなしてるだろ」

「つまりお前の隊では日常か。服務規程を諳《そら》んじるのは下積みで一番先に仕込まれるはずだ。お前が配属されていたシムカには調査が必要かもしれんな」

「城の本部には報告の使いを出してあります」

「な！　やめてくれよ！　殺される！」

シムカはここから馬で急げば二日ほどの町だ。

鉱山を主産業とするあの町は、ここともまた違った気の荒さがある。

その鉱夫たちに対抗できるよう配置された私兵たちへ怯えを見せる辺り、たるんでるのはやはりこいつの資質の問題か。

「どちらにしろお前はクビだ。今後ここに配属される奴らの中にシムカでの馴染みがいないことを祈っておくんだな」

まあ、その前に自警団のジジィどもの制裁が待っているだろうが。

下積みを終えてすぐに班長となれるくらいの実力があったとはいえ、あのジジィどもがいて、なんだってこんなのを野放しにしてたんだか。

子どもの俺が出入りしていた頃からは考えられない。領主一家の俺ですら訓練中は容赦されなかった。

「な、なんだよ。話が違う「あ？」――っ」


デズモンドがオルタに戻ったのは、ちょうど俺が遠征で王都を空けていた頃だ。

下積みを終えて生まれ故郷であるオルタに配属され、いざ凱旋とばかりに戻ったのにジジィたちのシムカ以上に厳しい指導が待っていた。

仮にも自分はオルタ代官を務めるコレット男爵家の息子なのにと、その扱いに不満を募らせていたらしい。

もうこの辺りで私兵団と代官の関係性を理解していないのがわかる。

私兵団はコレット家と同じく領主であるドリューウェット侯爵に仕えているのだから、オルタ代官とはお互い協力関係にあるだけのもの。たかが代官の息子に忖度する必要などないのだ。

けれど所長と男爵が親しいゆえに、班員となった私兵を筆頭とした若い奴らがデズモンドの心得違いに引きずられた。

そんななかで、たまたま飲みに町へ出て来ていた軍人たちと意気投合したという。

「有名な悪女を娶ったせいで！　あのジェラルドが腑抜けて左遷されたって言うから！」

「はあああああああ⁉」

「だから！　私兵団でも！　基地でも！　俺たちが協力し合ってお前を支えようとしたんだろ！」


意味がわからん。思わず剣を抜くところだった。

軍は国の組織だ。

俺が私兵団に関与するのは領主一族としてであって、そこに軍組織が入り込む余地はない。支えるも何も、それは越権行為でしかないのだから。


話とやらを一通り聞いてから、デズモンドをコレット家からの迎えに引き渡した。

ドリューウェットに対する不敬として処分することもできるが、あれでもドリューウェット傘下の貴族だ。表向きは服務規程違反で私兵団の解雇が妥当だろう。

あとはあいつをどう扱うかでコレット家がけじめをつけることとなる。

「まー、幽閉ですかねぇ」

「そんなところだろ。コレット家には今までの功績があるしな。というか軍絡みとは……舐めたことをしてくれる。オルタの乗っ取りでもするつもりか」

「というか、主の上官になるオグバーン大佐ってそんなに野心満々なタイプじゃないですよねー」

「あー、あの人は仕事嫌いだから……若い奴らの暴走だろうな」

◆◆◆

屋敷に帰ってきたら、とても眠くなってしまいました。

昨日はお昼寝してませんし、そろそろ私もずっと起きていられるようになったと思ったのに。

あと昨夜はマグロが来たので寝るのが遅くなったせいもあるかもしれません。

「あらあら奥様。足元が危のうございますよ？　お昼寝になさいますか？」

庭へ向かうために部屋から出たところでタバサが通りかかりました。手にしている用箋挟《クリップボード》には何枚も紙が挟まっています。

覗き見ると食糧庫の備蓄が書きとめられていました。

タバサもお仕事がたくさん。

「私のブランコをどこにつくるのか、お爺と相談しなくちゃいけません」

メイドは部屋着にお着替えしましょうと言ってくれたのですけど、お庭に行きますってお断りしたのです。

「先ほどボブのところに木材が運ばれましたからね。まだ準備中ですよ」

私の手を引いて部屋へと戻りベッドに腰かけさせると、タバサは用箋挟をサイドボードに置いてクローゼットへ向かいます。


タバサがお着替えさせてくれるなら、ちょっとお昼寝してもいいかもしれません。

お尻の下のお布団がふかふかで、なんだか気持ちよくなってきましたし。

ふわーっと枕元のぬいぐるみに吸い寄せられそうなところで、エントランスのほうが騒がしいことに気がつきました。

タバサも寝衣を出す手を止めて、様子を窺うように首をかしげます。

この屋敷は王都邸よりずっと大きいですから、タバサの耳はエントランスからというより窓の外から入って来る音を拾っているのでしょう。

私は耳がいいので聞こえますけども。

「お客様です。んーと、知らない人ですね」

「そんな予定や先触れもありませんでしたが……詰所の私兵は何をしているのかしら」

王都邸では門番を護衛がしていましたが、ここでは私兵がその役をします。

予定にないお客様がいらしても、門番からのお知らせが先にこなくてはいけません。

声はどんどん大きくなっていきます。

どうやら向こうが声を張り上げていて、イーサンは止めているみたいでした。

「……イーサンが対応しますから、お気になさらずおやすみになってくださいまし」

タバサにも雰囲気は伝わったようで、にっこりしてますけどちょっと怒ってます。

「でもお客様は軍の方みたいです。旦那様はお留守ですから、私がご用を聞きます」

「あら……軍の、ですか？　ならばなおのこと主様は詰所にいらしたでしょうに」

「私は妻で女主人ですから！」

それに旦那様にではなくて、私にご用があるようですし。

ぱちりと目を瞬かせて微笑んだタバサと一緒にエントランスホールへ向かいます。

途中で食堂に寄ってお水も飲みました。だいぶ目が覚めた。


ホールでイーサンが胸を張って見上げている人間は、旦那様よりも大きくて軍の制服を着ていました。

同じ制服ですけど旦那様のはお飾りが多くてもっとご立派ですし、通せんぼしているイーサンのほうが偉そうに見えます。

向こうもイライラしてそうなのに、無理に入ろうとはしていませんし。

いつものイーサンはとても静かで気配が薄いので、普段は私にもつよさがよくわからないです。でもこういうときはやっぱりつよそう。

前に義母が王都邸に来たときもそうでした。イーサン、実はつよい。私と同じ。

「ですから詰所へ使いを出せば、主様がすぐお戻りになります。その者を通してください」

「ですから？　わからんのか、イーサン。私たちの身元がはっきりしていることは君も知ってるだろう。ジェラルドではなく奥方に用があると言っている。まるで不詳の輩を相手しているようではないか。不愉快だ。使いは不要！　これは君の主たるジェラルドのためだ。ぐだぐだとせずに取り次ぎたまえ」

その脇ではうちの従者が、もうひとりの軍人に腕を掴まれておろおろしていました。一番足が速いからよく使いに出されている従者です。

「たとえ主様と懇意になさっているのだとしても、軽々しい振舞いをなさるのはお控えになるべきでしょう。家の主人がおらぬ間を狙って奥方を訪問なさるなど、礼節をお忘れか」

「なんだと」

「ましてやここはドリューウェットです。その意味を今一度思いだしていただきたい」

イーサンがすごくきりっとしてます！

後ろで控えているタバサに振り向くと、頷きが返ってきました。私も女主人として負けてはいられません。

「私はアビゲイル・ノエルです。何のご用でしょうか」

ホールに置いてある大きな壺を颯爽と回り込みました。きりっと！

イーサンは私からほんのちょっとだけ後ろの右側にさっと立ちました。タバサは反対側です。

そして私に礼をとりながら、お客様の名を告げました。

レックス・コルケット子爵令息。明日から旦那様がお勤めするオルタ基地所属だそうです。

「お初にお目にかかる。レックス・コルケット大尉だ」

「旦那様の部下ですか」

私も来年には背が伸びて入隊できるはずですし、ちゃんと軍のこともお勉強しました。大尉は少佐の下です。

「――階級としてはそうだが所属部隊は違うから直属の部下ではない。ジェラルドと士官学校では同期だった」

大尉は何故だか私を上から下まで疑うように眺めてから、見せつけるようなため息をつきました。

「ウィッティントン将軍も大らかなのはいいが、目をかけていたはずの部下に対して随分酷なことをなさる。いくら容姿が優れていようと政略ならばもっと相応しい縁があっただろうに」

「っなんと無礼な」

一歩前に出たタバサの袖を引きました。この人間はタバサよりとても大きいから、やり返されたら困ります。あ。そうです。

「そこのお前。うちの子から手を離しなさい」

従者の腕を掴んでいるにんげんを指差して命じます。

くっと顎をあげて偉そうに！

義母上から習って、よくできましたと褒められた姿勢です。

ここは私の縄張りなのですから、どっちが偉いのかちゃんとわからせないといけません。

「夫の威を借るか。政略の意味が失せたとなればいつまでも続かないだろうに。おい、離してやれ」

開放された従者は頭を大きく下げて勢いよく外へ飛び出していきました。やっぱり足が速い。今度サミュエル様に習ったかけっこというものをお願いすることにしましょう。

後ろから蛇が怒ったときみたいなしゅーって音がしたので、振り向きましたらタバサがおすまししているだけでした。

まあそれはいいです。それより間違いを正します。

「旦那様からお借りしなくても私はつよいです」

大尉はすごく面白いことを聞いたように大笑いしました。

……弱い子は相手が強いとか、あんまりわからないものなので仕方ないのですけど、大尉は軍人なのにそれでいいのでしょうか。それよりご用はないのでしょうか。不意にあくびが出そうになって慌てて噛み殺します。

笑い終えた大尉は顎をしゃくって、おつきの者に何やら指示を出しました。

「実家が没落までならまだしも、次々に家族が犯罪者だ。まあ箱入り令嬢に罪はないだろうから選択肢をやろうという慈悲だと思え」

外に出たおつきの者が汚れた麻袋を引きずりながら戻ってきて、私の足元に放り出しました。

もごもごじたばたしています。麻袋じゃなかった。

「出航の準備で慌ただしいのをいいことに、外国船に密航しようとしてたらしい。今日の分室に詰めていたのが私たちだったことに感謝するんだな」

縄でぐるぐる巻きにされたままでさるぐつわを外された元伯爵は、私と目が合うと甲高い悲鳴をあげました。


私がアビゲイルとして産まれたときのことです。

ぎゅうぎゅうに絞めつけられて、やっと出られたと大きく声をあげたと同時に部屋へ駆け込んできたのがこの元伯爵でした。

そのときは確かに笑顔だったと思います。

だけど私を覗き込んだ途端に、顔をこわばらせて目をそらしました。

それからはずっと真正面から顔を合わせたことはありません。

元伯爵はいつもそっぽを向いてました。

そのにんげんがつよいかどうかは、見たら大体わかります。

いいえ、イーサンはわかりにくいですけど、それはつよいことをとっても上手に隠しているからです。

元伯爵はとても弱かった。

アカナギネズミの方がつよいくらいです。

弱いものはすぐ食べられたり殺されたりしちゃうから、怖くてそこにいないふりをすることがあります。そんなことしていても食べられちゃうのは変わらないんですけど、元伯爵が私を見ないのはてっきりそれなのだと思ってました。

別に食べたりしないのに。

貴族というもののルールは、少し魔物のルールに似ているところがあります。もっと難しいですけど、義母上は優しく丁寧に教えてくれましたから、今では元伯爵が私を見なかったのはそれだけではなかったのだとわかります。

貴族は強くなくてはいけませんし、弱く見られてもいけないのです。

だから元伯爵は、私が怖くて見ることもできないからそっぽを向いてはいたけど、強いふりをしてたのでしょう。

そっぽを向きながらでも、お仕事の書類は強く机に叩きつけていたのですから。

「ゆ、許してくれ！　私じゃない！　私は何もしてない、してなかっただろう⁉」

元伯爵はぐるぐる巻きのまま床に額を押しつけてわめいています。

強いふりをやめたのは、もう貴族じゃなくなったからでしょうか。


大尉は困惑した顔で私と元伯爵を何度も見比べてから、ふんと鼻を鳴らして言いました。

「いくら頼みの綱とはいえ自分の娘にそれはないだろうに、堕ちるもんだな」

「たのみのつな」

「ああ。父親を見捨てられるもんじゃないだろう。今なら見逃してやるから親子仲良くどこへなりと行けばいい」

「やめてくれ！」

絶叫した元伯爵を大尉はうるさそうにちらりと見下ろしましたが、そのまま言葉を続けます。

「悪女に惑わされたと噂に聞いていたが、ジェラルドの堅物さは変わらなかったらしい。これ以上犯罪者の身内を抱え込むこともないのに、わざわざ通報してきたんだからな。普通の貴族なら内々に始末するところだ。そうだろう？　イーサン。主を思うならそう諫言すべきじゃないのか」

「使用人の心得を説かれる筋合いはございませんね。この程度のことで揺らぐドリューウェットとお思いか」

イーサンはそう答えて、私と大尉の間に入りました。

いつものように軽く身をかがめて私に笑いかけます。

「奥様。これ以上お耳を汚すこともないでしょう。お部屋でおやすみなさいませ」

また眠くなってきていたのを気づかれていたようです。

だけど私はまだ私がつよいことをわからせていません。

さっきはちゃんと偉そうにできたと思いますのに、まだ大尉は間違っています。

「元伯爵は貴族としてなわば、じゃなかった、領地を守りませんでした。ルールを破ったのですから罰を受けるのは当たり前です」

領主よりも国王の方がつよいボスなのですし、わざわざ旦那様が元伯爵を始末する必要などありません。

「これはまた噂以上の悪女じゃないか。実の父親を見捨てる上に夫の立場を危うくしても意に介さないとは恐れ入る「も、もうやめてくれ」」

元伯爵はぐねぐねと這って、大尉の陰に隠れようとしながらもまた叫びました。

「あんたらは何もわかっちゃいない！　こいつを怒らせたらどうなるか！」

「はぁ？　何を」

今度は大尉も奇妙なものを見る目つきで、ぐねぐねしてる元伯爵を足で押さえました。

「あ、アビゲイル、私は、父は何もしてないだろう？　お前をこき使ってたのは私じゃない。少しは仕事をさせたかもしれんが、そ、それだって奴らがそうしろと言ったからだ！　つらく当ったのだってブリアナたちだったろう！　私は何もしていない！　そ、それどころかノエルと結婚させてやったろう！　なのにあんなっあんなスタンピードなんて」

スタンピードとは狂乱羊《マッドシープ》のそれのことでしょう。確かにスタンピードが起きたのは私が旦那様の妻になった後ですし、ロングハーストの没落はそれがはじまりだったと聞いています。

だけどスタンピードを起こしたのは私じゃありません。

農地が荒れないように対策だって書類に書いておきました。

何もしなかったのは元伯爵です。


何を言っているんだと、大尉が元伯爵を足で転がします。

優しく背中を撫でてくれるのはタバサのあたたかな手です。

後ろに組んだ手を強く握りしめたイーサンは、少し目を見開いてから、また微笑んで一歩下がりました。


「魔物たちににんげんの都合など関係ない」

私は転がる元伯爵へと足を踏み出します。

「あれはただの営みです。にんげんが勝手にスタンピード《異常》と呼んだだけ」

今は私も人間だから、人間のお仕事をお手伝いしましたけれど。

ちょっとそこじゃないところでしてねってしただけです。
元伯爵はもっとぐねぐねになって逃げようとしています。
大尉は何故か喉をごくりと鳴らしました。

「私も、何もしていない」

ほとんど仰向けになった元伯爵の髪に、つま先が触れました。

魔王時代に思ったことや感じたことをかなり思いだせるようになってから、そういえばと気がついたことがあります。
魔王においもをくれたあの子は、どことなく元伯爵に似ていました。

よわくてちっちゃくて。
最初は魔王を怖がっていて。
そのうち時々偉そうにして。
いつもおなかをすかせていて。
だけど魔王においもをわけてくれたあの子です。

魔王はにんげんの区別があまりつかなかったし、区別をつけようと思ったこともなかったけれど、あの子のことはわかるようになりました。

あの子は最初のロングハーストです。

あの子と元伯爵の間には、たくさんのロングハーストがいましたけれど。

あの子が森に来なくなってからも来ていたロングハーストたちは、一緒においもも食べてくれなかったし、あんまり似てはいなかった。

でも元伯爵のつんとそっぽを向いたときの顎とか、怖がっておどおどするときの目とかは、ともあの子とよく似ている。

元伯爵だって私とごはんを一緒に食べたことはないですし、顔がちょっと似ているだけなのですけど。でも。


「おまえが、弱くて愚かだっただけです」


半分開いたままだった玄関扉が、けたたましく音を立てて開き切りました。

「アビー！」

外はもう日が落ちかけていたようで、差し込んだ光が赤かった。

その赤を背負った旦那様が、元伯爵を踏んづけて、大尉を突き飛ばして、私を抱きしめてくれました。

10 よわいこにおこったりしたことはありませんでした

所長と打ち合わせているところに、屋敷にいたはずの従者が駆け込んできた。

士官学校で同期だったレックス・コルケット大尉の訪問とはいえ、俺は門番の私兵が立つ詰所にいたし、それを素通りして屋敷に現れたというのだからろくなことじゃない。

門番は何をしていたのかといえば、俺とは馴染みで軍からの使いだと言いくるめられたなどと、開いた口がふさがらないとはこのことだ。

デズモンドが発端となった軍との馴れあいでたるんだ規律は、中心となった者たちの処罰をもってしても引き締められないらしい。だがそれをどうするかは後回しだ。

詰所まで乗ってきたラファエラも置いて、屋敷までの坂道を駆けあがった。


屋敷に飛び込めば、縄打たれて床に転がる男を踏みつけるレックスのすぐ横で、アビゲイルが棒立ちのまま男を見下ろしていた。

タバサとイーサンをはじめとして、エントランスホールの壁際に並んだ使用人たちが殺気立っている。

士官学校卒業後にレックスと顔を合わせたのは数えるほどのものだが、こいつが虚勢だけは一人前の小物だというのは覚えていた。たいして肝が据わっているわけでもないのに、この殺気に気づかない鈍さも相変わらずだ。

「アビー！」

真っすぐに駆け寄って抱きしめてから顔を覗き込めば、抜け落ちていた表情がふわりとした小さな笑みになって戻ってきた。

「旦那様。おかえりなさいませ。私はちゃんと女主人をしましたよ」

◆◆◆

今日から旦那様は軍のお仕事です。お見送りするとぎゅってしてくれるのですけど、それがいつもより少し長かった。

旦那様に昨日おかえりなさいをした後、ものすごくお怒りになって大尉を追い返したのです。元伯爵も一緒に連れて行かせていました。

それからずっと寝るまで私を離さずに、お話を聞いてくださったのです。

私はちゃんと女主人として、お行儀の悪いお客様にどっちがつよくて偉いのかわからせようと頑張ったのです。間違っていることも正してあげました。

これはしっかり旦那様に報告しなくてはいけないし、褒めてもらえることなのですから。

勿論旦那様もタバサやイーサンにだっていっぱい褒めてもらえて、私はすごく満足したのですけど、旦那様はちょっとだけ元気がありませんでした。

「本当にどいつもこいつも、何が俺のためだって言うんだろうな」


大尉は追い出されるときに、ノーマンも言っていたとかわめいてました。

『女で身を持ち崩すなど馬鹿のすることだろ！　正気になれば俺に感謝するはずだ』

ノーマンって確か王都での壮行会に出席していた旦那様の後輩です。こっそり腰とか背中をつついてみましたが、どこも崩れてなんていませんでした。大丈夫。


「すまないな。デズモンドのことといい、どうも俺の手はまだまだ足りないようだ」

「旦那様も増えるのですか⁉」

「増えないぞ⁉」

びっくりしました。そうですよね。人間の手は増えない。

私だってどうにかしたら魔王の頃と同じに増えたりしないかなって思ったことはありますけど、生えてきませんでしたし。

旦那様はちょっと笑って、干しイカを割いたおつまみを私の口にいれてくれました。

これはサーモン・ジャーキーとは違うものです。

しょっぱくて癖になる味もしますが、ジャーキーより甘みがあって、むにっとぐにっとした食感が楽しくて美味しい。

「俺が誰にも口出しなどさせないほどに一人前の男として認められていれば、防げたことだろ？……女嫌いだとか堅物だとか過去についた勝手なイメージが尾を引いてるんだろうなー。そりゃ間違っちゃいないが」

力なくため息をつく旦那様は珍しいです。

私の肩口に額をぐりぐりなさるので、つむじを撫でて差し上げました。

「軍だろうと私兵たちだろうと、必ずすぐにまとめて何も言わせないようにしてやるからな」

「旦那様がおつよいのをわからないほど弱いのはいるものです。でもすぐにわからせられます。私がついていますし、教えますか？　竜とか赤岩熊とかがするんですけど！　こう！　こうしてお前よりつよいぞってわからせるのです！」

旦那様の膝から出て、ソファの上に立ち上がります。

つま先立つのはちょっとぐらっとしますけど！

うんっと伸びて！

両手を高くあげて！

手のひらもがっと開いて！

指先はくっと曲げて！

「大きければ大きいほどいいです！　旦那様はもうおっきいですけど！　もっとです！」

旦那様はぽかんと私を見上げた後に、とっても楽しそうに笑いました。

それからひょいっと腰を抱いてまた私を膝に乗せます。

「あー！　もー！　かわいいな！　基地とかなんか行きたくない！」

きっと今朝のお見送りの抱っこが長かったのは、まだお仕事に行きたくなかったのでしょう。

でもお仕事は大事ですから、私が代わりに行きましょうかって聞いたのです。

「ふはっ。いや、君に教わったからな。こうだろ？」

両手を高くあげたつよいポーズを見せてくれて、笑いながらお出かけなさいました。

やっぱり私の旦那様です。とてもお上手でした。


元伯爵は軍の馬車で王都へ護送されて行きました。

前に発見されたのは、義父上たちに援助を断られて隣の領へ向かう途中に偶然見つけた死体だったらしいです。

ロングハーストではどんどんお金が出ていく一方、あちこち不作なのに補佐たちやブリアナは元伯爵を責めるだけ。ナディアは聞き分けなくどこかに行ってしまったし。手を尽くしたところでお金を借りるあてもないし。逃げちゃおっかなって思ったところにちょうど見つけたのが、野盗に殺されたらしき商人の死体です。

それに自分が着ていた服を着せ、伯爵のシグネットリングや紋章のついた時計を持たせて。動物や魔物が寄ってきやすいように体の傷もいくつか増やして、街道から少し森の奥へ入ったところに捨てて。

そうして村から村へ渡り歩いてたどりついたのがオルタでした。

よそ者も多く行き来する港町は力仕事ばかりできついけれど飢えなくて済んだし、働いてさえいれば誰も出自を深く聞いてはこなくて都合がよかったのに。

そうぶつぶつと繰り返しつぶやいては、突然奇声を上げたりしてたそうです。


ちっちゃいあの子の魂は、ウェンディになっています。だけどあの子とウェンディは違う。前にそう気がついたときは、なんだか少し食べ過ぎちゃったみたいにおなかがもやもやしました。お胸もすうすうしました。

元伯爵はあの子の子孫になりますし、だから顔が少し似ているだけです。

それだけのことなのに屋敷でわめき続ける元伯爵を見たときも、なんだかおなかがちょっとだけもやっとしたのです。

これは魔王のときにも感じたことがありました。

あの子が全然森に来なくなったときとか、代わりに来るようになったあの子の子どもたちはおいもを一緒に食べてくれないときとか、たくさんのにんげんがやってきて槍をいっぱい突き立ててきたときとか。

痛いのとか苦しいのとか、それとは別に湧きあがる何かです。

でも旦那様やタバサたちがいたら、もやもやはきれいさっぱりすぐになくなるのです。

アビゲイルの体は人間だから魔王だったときより弱いのですが、多分今の私は魔王よりつよいのだと思います。


船に乗って沖までやってきました。

旦那様は軍のお仕事に加えて、私兵団の鍛錬にもお付き合いして、とってもお忙しかったのですけど、私と一緒に夜ごはんを食べる約束はちゃんと守ってくれていました。

胡桃をはじめとした護衛たちも毎日五人は私兵団へ指導しに行っていましたから、私もお散歩は庭の中だけですませていたのです。

きっともうすぐ私兵たちはちゃんとするようになるので、そうしたら林の方だけじゃなくて、海に近い崖の方までお散歩できるようになるはず。

海のボスは、まだー？　って何度か聞いてきてましたけど、もうすぐーって言えばわかったーって待っていました。やっぱりちょっと数えるの苦手なんでしょう。

あと長生きですから一日も五日もそんなに変わりませんし。

そして！　海です！　前に来たときと同じにおっきい！　たくさんの水！

「来ました、よー！」

「そのつよいポーズは最近気に入ってるのか？」

「はい！」

甲板《デッキ》で両手を高く上げると、旦那様は後ろから私の両脇に手を通して手すりを掴みます。これで揺れても大丈夫！

旦那様の事業でつかっている漁船ですが今日は漁をしないので、船員もドリューウェット所縁の二人だけです。その代わりに護衛たちが乗りこんでいて、勿論ロドニーやタバサだっています。イーサンはお留守番ですけど。

ボスが来るからなって旦那様が言っていました。

私の家族を紹介しなきゃいけませんから、船員はご遠慮してもらったのです。そんなにたくさん乗れないし、ボスだってあんまりいっぱいは覚えられないかもしれないですし。

海面はきらきら波打って凪いでいます。今日は随分揺れないなって、船員が不思議そうにつぶやきました。

「この辺りなのか」

「もっとあっちです！　あの色がすうって変わってるとこ！」

「今叫んでたのはなんだったんだ」

やっとお仕事のお休みがきたから旦那様もご機嫌で笑います。

私が指差した方角を、船員が腕をぐるぐるして操舵室の船長に知らせました。

あっちは腕をこうぐるぐる。

「アビー。暴れない」

「はい！」


底に太陽があるみたいに明るい緑と、空をいくつも吸い込んで重ねた深い青の境目を、船の舳先は目指します。

ざあ、ざあ、ざわりざわりと波音は、森の葉擦れとよく似て風に乗ってきます。

「……ん？　速度を上げたのか？」

まだ遠くに見えていたはずの境目が、ぐんぐんとこちらに近づいてくることに旦那様が気がついたようでした。でも違います。

「お出迎えです」

深い青はどんどんもっと濃くなっていきます。

旦那様の瞳よりも濃い青になってやがて黒に近づいて、海を横切っていたような色の境目は真っすぐではなくて円状に広がっているのだとわかりました。

波も陸へと向かうのではなく、その円の中心から外側へと流れます。

「――っ」

誰かが声を飲み込みました。

ぴかぴかに磨いた泥団子のようなものがぷかりとふたつ、海面に浮かびました。

お出迎えに来たボスの瞳です。

全部真っ黒だからどこを見ているか人間にはわかりにくいかもしれません。

すると、すらりと包丁で切れ目をいれたように光る紫色が覗きました。

ぎょろぎょろと動いてからぴたりと止まります。あれが瞳孔で、こちらを見ている角度なのでしょう。それにしてはなんか斜めな気がしますけど。

続いて浮いてきたのは長く伸びた平らな顔です。

海水はその顔の端へと流れ落ちていきました。

そのつるりとした顔から飛び出した目玉は、泥団子を壁にぶつけてくっつけたみたい。

まっすぐ空を向いて海に浮かぶ長四角の顔は、まるでこちらの船と縦に並んだ筏《いかだ》のようですけれど、その飛び出た目玉なら周囲はちゃんと見えるのだと思います。

それからその周囲に、ざぶっとぬめぬめした黒いもの、腕？　触手？　が何本か、いち、にー……五本、海面から立ち上がりました。

私も両手をもう一度高くあげます。

「えぇ……？」

旦那様が小さな声を漏らすと、ボスが答えました。

「きー」

（い、今どっから聞こえました⁉）

（わ、わからんっ、えっ今の声か⁉）

「お返事ですよ。ほら、あれがお口です」

旦那様とロドニーが囁き合ってたので、手すりから身を乗り出して教えてあげました。

長四角の顔の短辺の側、海面すれすれに切込みが入っています。

今鳴いたから、じゃぶって海水が渦を巻きました。

「ね？」

「お、おう。な、なかなか意外な声音、だな？」

「きー」

「んっ⁉　今の」

「私です」

声を出さなくてもおしゃべりはできるのですが、ご挨拶です。

「来ましたよ」

「きー」

じゃぶっ。

こないだはずっと向こうのほうにいたのーって教えてくれました。

だからご挨拶にこれなかったーって。

「あれ？　俺たちの言葉がわかるのか？」

「長生きの子ですし。これ、シードラゴンって魔物です」

それに人間の言葉で話さないと旦那様たちにわからないではないですか。

両方がわかる言葉でお話ししないのはお行儀悪い。

「お、おう。シードラゴンって実際にいたんだな……ドラゴン、どっちかといえばワニ顔じゃ……」

いいます。シードラゴンになる前はシーホースでしたけど。

「マグロ美味しかったです。ありがとうございます」

おとといの夜は料理長がマグロのいろんなお料理をつくってくれました。

マグロ尽くしですよーって。

屋敷のみんなで食べて、余ったのは詰所にも届けてあげたのだから旦那様はお優しい。

サラダみたいにさっぱりしたドレッシングがかかったカルパッチョも、外側の衣だけカリカリに揚がって中が半分生でじゅわっとしっとりなフライも、煮たのも焼いたのも、みんな美味しかった。

「き」

「よかったねーって言ってます」

私の腰に回っていた旦那様の手の力が緩みました。

本当はずっと心配してくれていたのです。会ったことない魔物ですから。

護衛たちはまだ警戒しているみたいですけど、ぱたんって静かに倒れた船員はハギスが受け止めていました。ロドニーはちゃんと旦那様の後ろに立ってるし、タバサは……デッキブラシを両手に掴んでぺたりと座っています。どこにありましたかそれ。


確かにシードラゴンは心配ありません。だけどどうしましょう。

「お前、勝ったのではなかったのですか」

「きき、きー……」

丸い目が少し沈みました。

隠れようとしたって駄目です。

「……アビー？」

私はこの子のことしか気にしていなかったのですが、近くでよく見てみると、下にもっと大きいのがいます。もうちょっとで死にそうですけど。

どうしましょう。

「えっと」

シードラゴンのことしか旦那様たちには説明していなかったです。きっとびっくりするにきまってます。ばれてしまう前に帰っちゃうのがいいかもしれません。

「この方が！　ジェラルド・ノエル・ドリューウェットです！　私の旦那様！　番ですよ！」

「いきなりか。あー、よ、よろしく「それで！」ええ」

「タバサと！　ロドニーと！　あと、ハギスと！」

順番に指差していって、シードラゴンに教えました。

シードラゴンの目がぎょろぎょろと指先を追って動きます。

「ほかにもイーサンとかいますけど！　私が駄目って言ったら意地悪しちゃ駄目ですからね！

あと「き」今度サーモン獲りに来ますから！　旦那様！　帰りましょう！」

「きー……」

「あ、船員が倒れたままです……あれ、船長は」

胡桃が操舵室の扉を開けて、今起こしますって答えてくれました。船長も倒れてた。

「ちょ、ちょっと待て。アビー。どうした。なんで急ぐ？」

「えっと……旦那様がびっくりしちゃうかもって」

旦那様が手すりと私の間に立ち顔を覗き込んできました。

「うん」

「私はボス争い終わったと思ったんですけど。この子もそう言ってましたし」

「……うん？」

「もうよわよわになってるから、私もここに来るまで気づかなくて――あ」

先に行くほど細くなるつやつやの真っ白な蔓みたいなのが、目の前の手すりに触れそうなほどすぐそば、旦那様の背中の向こうに伸び上がりました。

こちらに向いている側には、丸いぼつぼつが二列に並んでいます。

「――主っ」

後ろにいるはずのロドニーの方から、ちゃっと剣を抜きかけた音が鳴りました。

「アビー！」

旦那様は振り向くが早いか私をとんっと後ろへ突き飛ばします。え。

背中に当たったのはロドニーの腕でしょうか。

え。

旦那様。

「〝切り裂け〟」

詠唱と同時に、旦那様の体は手すりの向こうに消えました。

◆◆◆

そびえたつ白い何かが視界の端に映った瞬間、脊髄反射でアビゲイルを突き飛ばした。

それが何かわかるのを待つようであれば、俺は戦時だって生き残れなかったはずだ。

シードラゴンは黒かった。

白く半透明な皮と吸盤に見覚えはある。記憶よりかなりでかい。

迷わず詠唱したけれど、一瞬遅かったか、強度が足りなかったのか。

手ごたえは確かにあったはずだが、それでもでかいイカの足が胴から首へぐるりと巻きついて、手すりを越え、宙に浮いていた。


落ちる瞬間に見えたのは、驚きに大きく開いた金色だけだ。

「〝切り裂け〟〝切り裂け〟〝切り裂──っぐ」


ざくざくと肉の裂ける音がするのに、巻きつく力は緩むどころか喉を締め上げた。

抜いた剣を視界の外にあるイカの足目がけて振り下ろそうとして──

「旦っ那っさまあああ！」

ぽーんと軽やかに。
両手を翼のように大きく広げて。
赤髪を四方にはためかせて。
真っ逆さまに！

なんで飛び込んできた⁉

君は泳げないだろう。
泳げると言い張ってはいても、どうやったって沈むだけだったろう。
とっさに抱き止めるための両腕を空に伸ばして、剣を落とした。
何してる俺！

「――っ」

引きずり込まれた海の中で、一気に肺を絞めつけられた。
罵倒だけが頭の中で駆け巡っているけれど、無数のあぶくをまとわせて現れたアビゲイルから目が離せない。

真っすぐに、俺を目がけて落ちてくる。

水の流れにも揺るぐことのない、ぎらぎらと強い金の光が射貫いてくる。

いつもの薄桃色が失せた唇が、はくりと開いて大きな気泡があふれ出す。


ぎりぎりと痛む体に、絞めつけとは別の衝撃が走った。

湯気が立ち昇るように辺り一帯が細かな気泡で白く染まる。


今の今まで絡みついていたイカの足が、みるみるうちに細く萎れて力を失うのと、手放せることなどないだろうと毎晩思う柔らかな感触に包まれたのはほぼ同時だった。


ずるりとほどけた白い足が、ゆっくりと沈みながら底も見えない暗闇に揺蕩っている。

この子が何かをしたのだけはわかる。

見たことがないほど厳しい目つきで、もう残骸ともいえる白をにらみつけているけれど。


引き結んだ口元をほぐすようにまろい頬を両手で包めば、金の輝きは和らいで大丈夫かと問うてくる。大丈夫じゃないのは君だろうに。

笑んで見せるとつられて薄く開いた口に合わせて、かろうじて吐き出すのをこらえていた空気を吹き込んだ。


水を全力で蹴り続けたけれど、思ったより深く引きずり込まれていたらしい。

抱きかかえているアビゲイルはしっかり俺にしがみついてるから意識はちゃんとあるはずだが、焦りで手足が重く感じた。

日を透かして輝く海面を突き破る勢いで飛び出せば、耳に馴染んだロドニーの声が降ってくる。

「あそこだ！　主ー！　浮き輪！　浮き輪！」

「がふっ、ごほっあ、アビー！　アビー！」

「ぷっふぁっい！」

元気いっぱいの返事に涙が出そうになったけれど、ちゃんと顔が見たくて、顔を覆った髪をかき上げた。

「うわあああ！　アビー！　アビゲイル！　しっかりしろ！」

「ひっかりひてまふ！」

また鼻血だ！　だくだくと鼻血だ！　やっぱりか！

11 わたしのおうちはだんなさまがいるところなのですから

「そこに！　座りなさい！」

海に浮かぶシードラゴンを、海面を指差しながらアビゲイルは叱りつけた。

座るって。どこにだ。


前回と同じく、鼻血はすぐに止まった。

きりりとしてはいるけれど、筋肉痛もまたひどいようで俺の膝に乗ったままだ。

海中にいた分、出血は見た目より多かったと思うが本人は元気だと言い張っている。うちの小鳥は少しそういうところが鈍いから信用はならないんだが、顔色は悪くない。

濡れた服と髪は魔法ですぐに乾かしたし、毛布でしっかりと頭からくるんだ。

そこから右腕だけ出して、びしびし振り回しながら説教を続けている。


シードラゴンもぎょろりとした目は無機質な光を放っているのに、なぜか心なしかしょぼくれているように見えてくるから不思議だ。

「お前が！　ボス争いに勝ったよって言ったんですよ！」

「きー」

「そんなのは駄目！　ちゃんと最後まできちんとしなさい！」

「きー……」

「きー！」

緊張と恐怖で震えながらも、さっきまでアビゲイルの世話をてきぱきとしていたタバサが吹き出した。ロドニーはとっくに転がっている。

「……なあ、アビー」

「き！」

「ぶほっ」

「間違えました。どうしましたか旦那様」

「いや、んんっ。そいつ、シードラゴンがボス争いを中途半端にしてトドメを刺していなかったのはわかった」

「はい。とても駄目なことです」

重々しく頷いたあたり、おそらくは魔物のルールなのだろう。それはまあ、下手な情けを仇で返されることなど、人間でも珍しくはないのだからわからないでもない。

「勝ったらちゃんと食べてあげなきゃいけないのに」

「きー」

「へえ。森でもそうだったのか？　海も同じ？」

「はい。負けた子を食べてボスはもっとつよくなるのが、どこでも同じルールです」

「き」

「ボスのルールってやつとは別のルールかって、お前まで参加するな！　今まだ怒られてるところだろ！」

「きー……」

疲れた様子で甲板に伸びてるロドニーが「まーた自然に話してるーうちの主はもー」と寝返りを打った。疲れ切ってるのはロドニーだけじゃなく、タバサや護衛たちも同じだけれど、早々に気絶したままの船長と船員よりはマシで……いや、気絶したほうがマシだったのかもしれん。

「なんだってこいつはそんな大事なルールを破ったんだ」

「負けは負けなのに、食べられる前に自分も会いたいっておねだりされたそうです」

「自分もって、アビーと会いたいってか」

「見たいだけって言ってたらしいですけど、私がすぐ近くに来てみたらやっぱりちょっとだけ食べるか食べられるかしてみたくなったっぽいって」

「は？」

「あれは体ばっかり大きくてまだ全然かしこくなってませんでした。シードラゴンだってそうです。いっぱい長生きしてるのに……いえ、ずっと周りは弱い子ばかりで長生きだったから大切なルールを忘れちゃって、あ！　そうです！　たるんでるってやつです！」

「あーどこでも同じなんだなーっうぉっ⁉」

でかい影が空を舞って、こんなところにまで鳥がと思えば甲板に落ちて来た。

「きー」

「あ！　サーモン！」

びたんびたんと尾を打って跳ねる魚は、今度こそサーモンで。

いや待て。今さらっと聞き流したが。

張り切って抜け出そうとするアビゲイルを逃がさぬよう抱え直した。

「ちょっとだけ食べるかだと⁉　あいつが狙ってたのはアビーか！　お前がたるんでいたせいで⁉　ふざけるな！　もう会えると思うな「き⁉」うるさい沈め！　ほら帰るぞロドニー！　胡桃！　船長叩き起こせ！」


屋敷に帰り着いたのはもう昼もだいぶ過ぎていて、休日の残りは寝室でゆっくりとするべく二人で寝衣に着替えた。

アビーは元気だと言い張ってサーモンを抱えようとしていたけれど、動きはぎくしゃくしているし大量の鼻血は馬鹿にできるもんじゃない。体が耐えきれないほどの魔力の負荷なんだから慎重に慎重を重ねるのが当たり前のことだ。

「大丈夫ですのに」

寝台に腰かけたアビゲイルは少しばかり不満気だ。

「駄目。——ところでここにこんなものがある」

ついさきほど届いた本を取り出して見せる。

「それは！」

勢いをつけて立ち上がろうとする肩に、軽く手を置いて押さえた。

「はいはい。ちゃんと寝台に入ろうな」

「はい！」

いそいそと寝台に潜って俺の分のスペースを空けたアビゲイルの横に、本を持ったまま転がった。


本といっても厚紙と紐で製本しただけの手作りのものだ。丁寧に重ねてはいるが微妙に小口が不揃いで、それがまたリックマンの為人《ひととなり》を表しているようで面白い。

表紙には黒いクレヨンでなんとも言えない味わいの、たわしなのかウニなのかわからないものと小さい人間らしきものが描かれている。結構前にアビゲイルが描いた絵だ。

王都を発つ前、リックマンにこの絵を預けて、アビゲイル好みの話を書いて本にしてくれと依頼していた。時間の空いたときで構わないからと急かしてはいなかったのだけれど、まだこちらに着いて一週間ほどなのにこうして届いたということは依頼してすぐに手をつけてくれたのだろう。

「わあ！　わあ！　アグネスの字です！　ほら！　アグネスの字はこれがこう、ちょっとくるんとした字なのですよ！」

何度も本を裏に表にとひっくり返して、一枚一枚ページをめくっては戻りと繰り返す。読む前から盛り上がってるなー。

「旦那様！　旦那様が読んで聞かせてください！　タバサみたいに！」

「お、おう。タバサみたいにうまくはないぞきっと」

「いいのです！」

いくつもの枕を重ねて二人並んで寄りかかり、お互いよく見えるように本を腹に立てて持った。

「えーと、んんっ、昔々の物語。小さな村に――……」

リックマンの物語に必ず登場する小さな坊やを、アビゲイルはことのほか気に入っていた。

魔物や動物と過ごす坊やの冒険というには少しばかり足りない、日常というにも少し奇妙な物語ばかりだ。だからリックマンに、坊やとこの絵のような姿をした魔王の話を書いてみてくれないかと頼んでみたのだ。

――それはもう大受けに受けた。

そこまでかというほど、一行ごとに気に入ったフレーズを繰り返して、頷いては感嘆の声をあげた。いやほんとに面白いのは面白いが、そこまでか？

「坊やのしゃっくりは!?」

「えっ、ど、どうかな」

「どうなったんでしょう……坊やのしゃっくり……」

「あー、リックマンに手紙で聞いたらどうだ」

「そうです！　手紙！　お手紙を「おーっと。明日な。明日」そうでした。明日」

起き上がりかけた体をもう一度寝かせると、「しゃっくり……新しい……」とうっとりつぶやいた。そこまでか。


腹の上で本を何度も撫でてはひっくり返すアビゲイルの額に口づけしつつ眺めていたら、昼間聞き損ねていたことを思いだした。

「そういえばあいつに放った魔法はなんだったんだ？　魔法だろう？」

「干しました」

「え？」

「体の中の水をぎゅうって抜いたのです。干しイカ。ちょっとカラカラにしすぎちゃったかもしれません。あれじゃふわっとむにっとにはなっていないかも。でも別にいいです。食べるのはあのシードラゴンですから」

笑いごとではないが、そこまでかというほど笑いが止まらなかった。

◆◆◆

オルタの屋敷が新しい私のおうちになってから、ずいぶん経ちました。二か月くらい。

私兵団はこの間やっと胡桃が合格を出したそうです。

旦那様も基地では一番偉い人みたいな顔してるって、ロドニーが言ってました。

すっかり町にも慣れたことですし、もしかしてそのうちひとりでおつかいとかに行けたりするかもしれません。だって町に降りるといつも広場にはひとりで走る子どもを見かけるのです。ひとりといってもひとりじゃありません。見かけるたびに違う子どもですから。

タバサに聞いたらおつかいでしょうって。だから私にもできると思います。


きー、こ。


お爺がつくってくれたブランコは、シードラゴンの鳴き声みたいな音を立てます。

根元から何本かに分かれる幹がそれぞれ寄り添って、枝は開いた傘のように広がるクレープマートルは、房となった薄桃色の小さな花をたくさん咲かせる木です。

すべすべした木肌は登りにくいけど、枝から二本のロープで吊るした籠椅子が私のブランコ。

揺れるたびに、ひらひら、ひらひらと小さく波打つ花びらが舞い落ちてくるのです。

あんまり高くは漕げないようになっているけど、これはこれでとても楽しい。

左手には崖の向こうの水平線、右手には緩やかに降りる丘の下を囲む林。


きー、こ。


高くなった空から差す日は明るくて、遠くの波頭や見下ろす梢の葉に白くきらきらはじけます。

お爺はいつもいいお仕事をする。

「アビー」

とん、とブランコが止まりました。

見上げると旦那様。籠椅子の背もたれを掴んで止めたのでしょう。

「旦那様！　お仕事は終わりましたか！」

「ああ、待たせたな。行こうか」

「はい！」

この籠椅子、乗るのは簡単に乗れるのですけど、降りるときはちょっとコツがいります。

足を振ろうとしたら、旦那様が両手を引いて降ろしてくれました。

今日は！　軍の仕事はお休みで！　旦那様は事業のお仕事を朝だけする日で！

これから町のお祭りに行くのです！

義母上たちがいる領都ではもうすぐ収穫祭が開かれます。

今年もお招きされていますし楽しみにしているのですが、オルタではそれより早く収穫祭が行われるのです。

それが！　今日です！

朝からずっと町の喧騒が屋敷にまで届いてきていて、煙だけの花火まで時折ぽんぽん上がっていました。バルコニーから見下ろせば、どのおうちの窓にも色とりどりの旗やお花が何日も前から揺れていて。

とってもそわそわしてしまって、ブランコで気持ちを落ち着かせていたのです。

船が出せなかったことなんてなかったみたいに、出店はぎゅうぎゅう詰めに立ち並んでいました。

新婚旅行で来たときよりもにぎやかだと思います。

そこかしこに私兵たちの赤い制服や、自警団の黒い制服が人波の隙間から見えました。

自警団から私兵団に戻ったじじぃもいるけど、もうじじぃだから長時間のお仕事きついって戻らなかったじじぃもいると聞いています。

だけど、どのじじぃも若い私兵と同じにぴんと背すじは伸びていました。あれ結構つよい。

広場の真ん中では手品師や道化師が芸をして、あっ、あんなに大きな転がる玉の上に立って乗ってる！

人間はいっぱいですけど、護衛たちがいつものように囲んでくれているし旦那様が私の手を引いてくれるからすいすいです。すいすい！　私が行きたい方に指差すだけですいすい！

「旦那様！　どっかで楽器が鳴ってってあれは、あっ、あの猫、輪っかくぐった！」

「アビー、アービー、楽しいのはわかったけど手は離すなよ」

「はい！　あっ、いい匂い！　あっちからお肉の匂いが！」

この匂い！　この匂いは知っています！

「くるくるの！　お肉です！」

オルタに着いたばかりのとき、なくなっていたくるくるのお肉！　のお店！

「──っと」

「ぷきゅっ」

旦那様が急に立ち止まったので、背中に鼻をぶつけました。

「わ。すまん。大丈夫か」

「ふぁい」

旦那様は右腕を上げて、私をくぐらせてます。

横に並ぶと目の前に、じじぃくらいには背すじを伸ばした人間がいました。

だけどじぃよりちょっと左肩が下がっているように思います。

「ノエル少佐！　おつかれさまです！」

その人間は飾りのついていないシャツとゆったりしたトラウザーズを身につけていましたが、ぴっと軍式の敬礼をしました。

後ろから次々と来た人間たちは、私たちとその人間を追い抜いてから、ぷふーって吹き出して笑います。

「ん。休暇中か」

「はっ！　おかげさまで楽しませていただいておりま――っ、ご、御無沙汰しております夫人！ご一緒とは気づかず失礼いたしました！」

ごぶさた……？

「――アビゲイル・ノエル、です」

「ぷはっ、わからないよな」

旦那様まで吹き出しました。

「重ね重ね失礼を。レックス・コルケット。階級は中尉。今更ではありますが、先日の無礼も合わせ改めてお詫び申し上げる。大変申し訳ありませんでした」

レックス・コルケット。レックス・コルケット……。

よくよくお顔を見つめたら、確かに見覚えのある造作です。え。でも。

元伯爵を連れてきた人間と、同じ顔立ちと名前です。だからきっとこれはレックス・コルケット。

でもあのときと随分違います。

髪は切ることもあるでしょうけど、つるつるにする人間はあんまりいません。つるつるになっちゃうことはあっても、わざわざすることはない、はずです。それに顔にお絵かきする人間も——あら？　でもお化粧はしますよね。これはお化粧、でしょうか……。

真っ赤なおひげは毛じゃなくて描いてあります。

鼻の下から左右にぐにょんと三本ずつ曲線が伸びて、両方のほっぺ全体に描かれたみっつのぐるぐる巻きに繋がっているのです。以前屋敷に来たときは、多分つるつるとぐるぐるではなかった。

そうだったら絶対覚えてると思うのです。

「レックス・コルケット。髪と顔どうしましたか」

口を開こうとしたレックス・コルケットに、旦那様は手のひらを向けて止めました。

そして行き交う人間の邪魔にならないよう道路脇へとどけます。

「アビー。これは罰だ。別組織である私兵団への無意味な干渉と越権行為、管理下にない町の秩序を乱す行為、ただの貴族令息が子爵夫人に向けた侮辱と無礼。犯罪者の隠匿未遂に教唆と。俺としてはもっと厳しいものでもよかったんだけどな、まあ、色々としがらみもあっての落としどころがこれだった」

階級がひとつ落ちて、半年間の減給とつるつるとぐるぐるだそうです。

「えっと。ルールがそれなら、それでいいと、思います。ここはくるくるの町です、し？」

やっぱり人間のルール難しい。

失礼しますと元気に叫んでレックス・コルケットは立ち去りました。

「一応ちゃんと、どっちがつよいかもわからせたんだぞ」

旦那様は顔の横で開いた右手をくっとしました。後ろでロドニーも両手をくっとします。

「なるほど！　さすが旦那様です！　くるくるのお肉食べますか！」

「ははっ、勿論。ほら、座る場所も確保したからな」

くるくるのお肉、ケバブは前に来たときと同じ場所にお店が出ていましたし、味も同じでした。復活です。

ケバブのお店が復活したのです。

甘辛いソースが絡んだお肉を、しゃきしゃきした細切りの葉っぱと一緒に薄いパンでくるくる巻くケバブです。やっぱり美味しい！

最初から座って食べましたから、葉っぱがおでこにつくことはありませんでした。

「美味いか」

「はい！　……旦那様あれは」

　さっきまで手品師がボールを宙に放っては消し、放ってはふたつに増やし、また消して今度はみっつに増やしてを繰り返していた場所です。あれもイーサンほどじゃなかったけどすごかった。多分天恵です。

次にその場所に立っているのは自分の胴よりずっと太い？　いえ、大きな？　輪っかを三本持った道化師でした。最初はおなかのところで輪をきゅっと回しはじめただけだったのです。ぐんぐんと胴体を中心に輪は回り続けます。それがじりじりと上にいったり下におりたり――首で回した！　あっ、今度は二本目を腕で回して！

「あっ、あっ、次は足！　ぴょんって！　わあ！　見てましたか旦那様！」

「うんうん。すごいなー」

「すごいです！　旦那様！　私あの輪っかが」

「お。アビー、あれなんだろうな」

旦那様が指差した方の出店は、ケバブとは広場を挟んで反対側にありました。

「はい！　お任せください。私は目がいいですから――なんですかあれ！　旦那様！　あれ近くで見たいです！」

「はいはい。ほら」

ケバブは半分残ってましたけど、立ち上がった旦那様が食べてくださいました。そういえば歩きながら食べる練習をしてません。今度します。今はあのお店の近くに行かなくてはいけないので。

お米は食べたことがあります。おなかを痛くした次の日とかに食べたリゾットが初めてでした。ふんわりミルク味とかコクのあるトマト味とか、チーズがかかっていても美味しい。でもこれは今まで見た細長いお米より丸っこいし、その形が溶けずに残っています。煮てないから？　炊く？

異国育ちらしい店主は、流ちょうに口上を述べながら、真っ赤なテーブルクロスの上に細い木？　竹？　の棒の両端を紐で繋いで布のようにしたものを広げました。そしてぴゃっとばらまいたのはゴマ、次に載せたのがお米です。お米の粒々がつぶれないように広げるのがコツ！

「覚えました！　さあ！　次のコツを！」

「はは！　おじょーさんかわいーねー！」

店主は縦に切ったきゅうりと、アボカド？　それから、カニ！　をまとめて並べました。旦那様は真横に立って私の腰に手を回します。

最初はぱたんと、竹でできた布をきゅうりなどをいっぺんに手前からこちら側に向けて畳んだように見えました。畳んでない！　くるくるって巻いた！

出来上がったのはごまがみっちりまぶされたいい感じのお米の棒です。

「ぉぉぉ」

「まだよーまだー食べにくいからねー」

「それはそうです」

すっすっすっとナイフを滑らせて出てきたのは、くるくるな模様でした！

「さー！　どーぞー！　はるか東の端の国からきたカシューロール！　おいしーよ！」

初めて食べたカシューロールは、お皿に載せて手で食べていーよって言われてそうしましたが、ほろほろっとお米がこぼれそうでこぼれない。

もったりしたアボカド、しゃきって歯ごたえのあるきゅうりに、瑞々しくてあまじょっぱいカニの味を全部いっぺんにお米でまとめたくるくるごはんでした。最後は崩れてこぼれちゃいましたけど、美味しかった！

「美味かったな。これ」

旦那様はひと口でぺろりだったからこぼれてませんでした。

「はい！」

旦那様はロドニーから濡れた手拭きを受け取って、私の手を拭いてくださいました。

「カシュー国と言ったか」

「最近進出してきた国ですねー父がチェックしてましたよー」

「さすがです。イーサン。きっと美味しいものはまだあります」

イーサンがチェックしたなら、そうに決まってるのです。

「かなり遠い国からはるばるとだなぁ。……行ってみたいか？　くるくるはあれだけかもしれないぞ？　ここにはいっぱいあるけどな」

ちらりと横目で笑う旦那様。知ってます。これはいたずらをする顔！

「ここはくるくるの町なので、とってもだいすきです。でもくるくるがなくたって、旦那様がいればそこがわたしのおうちなのです！」

「――君は本当に何倍にもして返してくるな」

旦那様は両手で顔を覆ってしまいました。

本書に対するご意見、ご感想をお寄せください。

あて先

〒162-8540 東京都新宿区東五軒町3-28
双葉社　Mノベルス f 編集部
「豆田麦先生」係／「花染なぎさ先生」係
もしくは monster@futabasha.co.jp まで

ノベルス

愛《あい》さないといわれましても～元魔王《もとまおう》の伯爵《はくしゃく》令嬢《れいじょう》は生真面目《きまじめ》軍人《ぐんじん》に餌付《えづ》けをされて幸《しあわ》せになる～④

2024年5月13日　第1刷発行
2024年6月3日　第2刷発行

著　者　豆田《まめた》麦《むぎ》

発行者　島野浩二

発行所　株式会社双葉社
〒162-8540　東京都新宿区東五軒町3番28号
[電話] 03-5261-4818（営業）　03-5261-4851（編集）
http://www.futabasha.co.jp/（双葉社の書籍・コミック・ムックが買えます）

印刷・製本所　三晃印刷株式会社

[電話] 03-5261-4822（製作部）
ISBN 978-4-575-24741-1 C0093